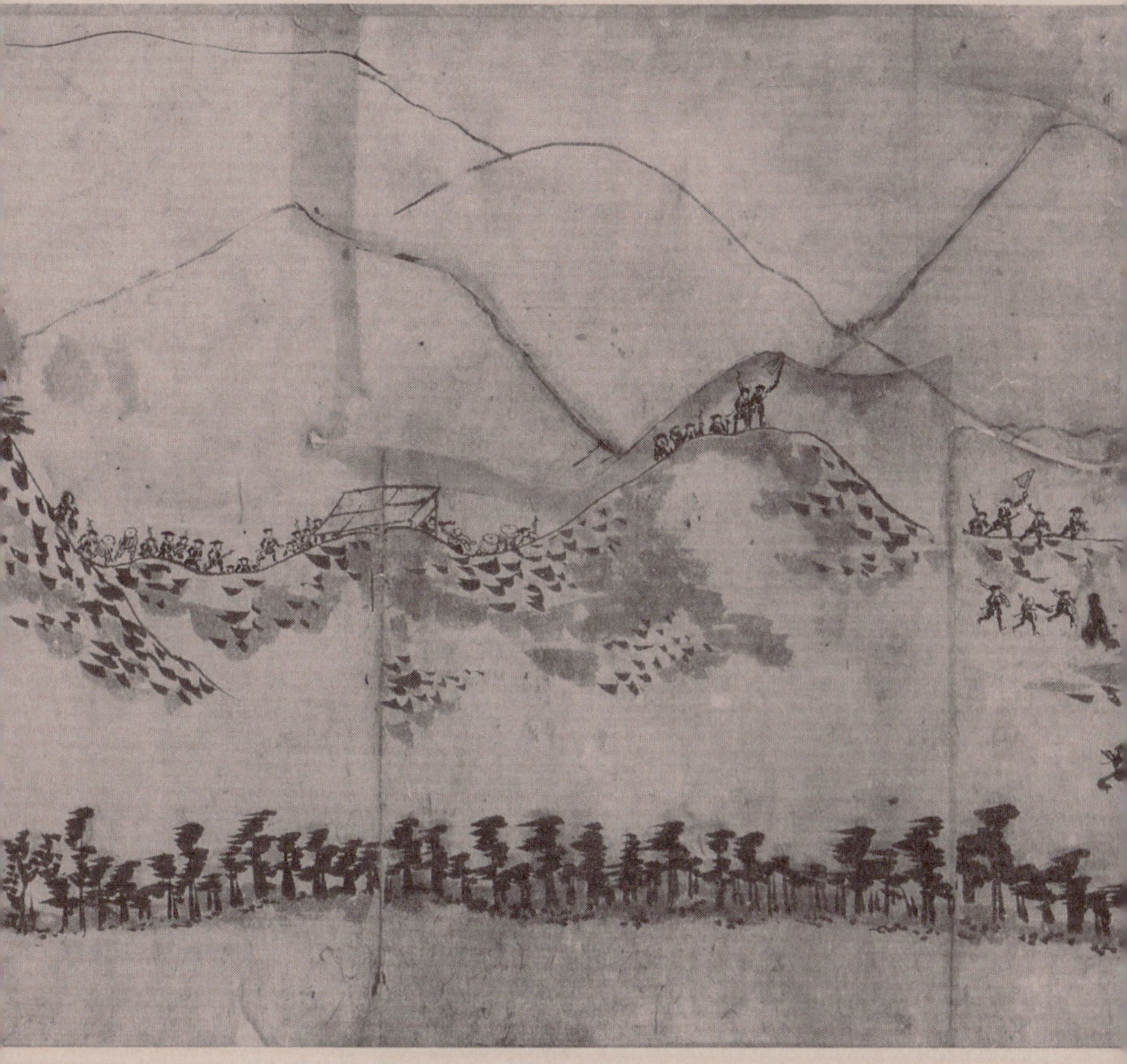

白河大戦争

白川悠紀

白河戦争は
百日間の戦闘で
千人の戦死者を出した
戊辰戦争最大の戦いであった

栄光出版社

白河大戦争 目次

白河大戦争

一章　棚倉藩探索方

一節

慶応四年（一八六八）一月十五日、白河藩十万石城下。

奥州街道沿いの旅籠の那須屋の店先で、手代の兼吉が雪掃きをしていると、

「兼吉、旦那さまがお呼びだ」

番頭の佐兵衛が言った。左兵衛は、ふだんの愛想のいい顔とは違って少し硬い表情だった。

兼吉は訝《いぶか》しんだ。

(旦那様が俺にいったい何の用事だろうか)

「旦那さま、なんでございましょう」

兼吉は主《あるじ》の宗右衛門の部屋の前の廊下にかしこまって訊いた。

「うむ、さきほど阿部様の御家中からのお使いがこられて、火急の用があるのですぐにお城に来るようにとのことだ。理由はわからないが、これからお城に行きます。おまえもいっしょについて来なさい」

宗右衛門はこう告げるや、すぐに立ち上がって歩き出した。

「はい」

兼吉も返事をしながら宗右衛門のあとを追った。

（阿部様から火急の御用とはいったいなにか）

阿部様とは白河藩の隣の棚倉藩主である。

兼吉は店を出ると、お城の大手門に通じる奥州街道を宗右衛門の後について雪道を歩きながら思いをめぐらした。

白河城下は初市で賑わっていた。本来の初市の日は昨日だったが、大雪で今日に日延べになったのである。昨日は近頃の不穏な世情を映したような大荒れの天気だったが、打って変わって今日は真冬には珍しいほどの穏やかな晴天だった。

白河城下の初市は、戦国の世に白河を領した結城氏の時代から続いているものである。中町の市神様を中心に、奥州街道沿いに城下の商人はもちろん、近郷近在から集まってきた者たちがありとあらゆる物を並べて売っていた。売り買いの品物の中でもっとも人気の高かった物は、植木や削り花もふくめた草花だったので、この初市は別名、花市とも呼ばれていた。

それと同時に、年の初めに一年の幸や商売繁盛の願いを込めるダルマを買う客がもっとも多かった。寛政の頃から名君松平定信が、当代一と言われていた絵師谷文晁に元絵を描かせたといわれる、鶴亀や松竹梅といった縁起物の絵柄が描かれたダルマが売られるようになっていた。

本町にある那須屋から白河城の大手門まではほんの二丁ほどの距離だったが、通りは多くの客で賑わい、なかなか前に進めなかった。

慶応元年（一八六五）の秋、白河城主であった老中阿部豊後守正外《まさとう》は、兵庫開港問題で朝廷の勘気を被り、朝廷の圧力を受けた幕府より御役御免となった。その後、蟄居謹慎の上に隠居の処分を受けた。家督は世嗣《せいし》正静《まさしず》が継いで一件落着したかに思われたが、幕府の処分はそれだけに止まらず、追い討ちをかけるように阿部家は、隣藩棚倉に所替を命じられたのである。形の上では同じ十万石での所替であったが、奥州街道からはずれた実入りの少ない棚倉への所替は、あきらかに処罰の意味合いの濃いものだった。

阿部家と入れ替わりに白河へ移るはずだった棚倉藩主松平周防守は、突如、武蔵川越に所替先が変更となり、白河城は宙に浮いたかっこうの空き城となってしまった。それ以来幕府が管理している城には、城番を任された二本松藩の役人が詰めていた。時々阿部家の役人も、公務の折には棚倉から出張して使用しているのだった。

ようやく大手門から城内に入った兼吉は、これから棚倉藩の役人に会うことに対して複雑な心持ちだった。

兼吉は二年前までは、白河藩阿部家中で足軽小頭二十二俵二人扶持の内儀謙之丞と名乗る武士だったが、不運の連続でついに今の境遇となってしまったのだった。

元服後あいついで両親を亡くし、二十歳の時には兄弟もいなかったので天涯孤独の身となった。その後阿部家中が棚倉へ所替となった際に、兼吉は阿部家から召し放ちとされてしまった。阿部家は台所事情がいちじるしく逼迫していたために、所替を機に下級藩士を解雇しなければならなかったのだ。

　わずかな一時金をもらって仕事を失った藩士たちは、土地を借りて慣れない百姓仕事に就いたり、商売を始めたりして暮らすようになった。そうした中で兼吉はあてもなく途方に暮れていると、父親の昔の知人が、那須屋への奉公の話を持ってきた。兼吉は糊口《ここう》をしのぐため、やむなく那須屋に奉公したのだった。

　二の丸から内堀にかかる橋を渡り清水門をくぐると、正面には城の顔とも言える壮麗な石垣があった。大きな半同心円状に積まれた美しい模様の石垣だった。これを見ながら本丸に続く急な石段を登り始めた兼吉は、懐かしさと同時に武士としてではなく町人身分として城にいる肩身の狭さを感じた。複雑な思いを抱えたまま兼吉は石段を登り切り、宗右衛門に続いて前御門から本丸に入った。

　白河城は梯郭式の平山城であった。堀と石垣に幾重にも取り巻かれたもっとも高い平地に本丸があった。ここから西方を望むと真っ白く雪を冠した那須連峰が見える。青空の下で眼に沁みるような白さだった。

　宗右衛門と兼吉は、案内された本丸の御用部屋に入り緊張の面持ちで控えていた。

　しばらくして、御用部屋に数人の武士が入ってきた。

「面《おもて》をあげよ」

　声がかかると、宗右衛門がゆっくりと上体を起こした。それを見ながら兼吉も少し遅れて遠慮がちに面を上げると、左手に三人の武士が控え、正面には明らかに身分が高いとわかる身なりの立派な武士が端座していた。兼吉は、その武士の顔を見たとたん顔色が変わった。それぱかりか動悸まで激しくなってきた。

（あれは……）

兼吉は驚きを隠せなかった。

正面にいる武士の名は関平三郎。兼吉と同じ歳で、かつての幼馴染みである。平三郎と兼吉はともに阿部家の足軽小頭の子どもとして同じ長屋に住み、よく遊んだ仲だった。

奥原彦兵衛の次男として生まれた平三郎は、元服してまもなく、中小姓格の関敬次郎の養子となった。藩校修道館における平三郎の優秀な成績を伝え聞いた関家から、ぜひにと乞われての養子縁組だった。やがて、平三郎は城に上がり、世嗣正静の小姓として仕えるようになった。さらに勤仕ぶりを認められ、二十歳を過ぎたころには近習に取り立てられて、正静のよき相談相手となった。

その後、生来の頭角をめきめきとあらわし、正静が藩主の座につくと同時に用人に引き立てられ、藩の重要な政《まつりごと》に関わるようになっていた。長く続いた徳川の世にも大きく歪みが出て来て、どこの藩も改革を迫られるような時代になってからは、藩の人事も門閥主義から実力主義の方針に変わっていたとはいえ、阿部家の中では際だった出世ぶりだった。

兼吉は平三郎の栄進を噂には聞いていたが、こうして大きくへだたった立場で平三郎とあらためて相対すると、この十年ほどの時の流れ方の違いを痛感しないわけにはいかなかった。

兼吉も若い頃学問に励み平三郎に劣らぬ才を持っていたが、とかく世渡りが下手で上役に認められることもなく今に至ってしまっている。

「那須屋宗右衛門、さっそくの登城ごくろう」

平三郎がおもおもしく声をかけると、

「ははー」

と宗右衛門が深く頭をさげた。

「ひさしぶりだな、謙之丞」

平三郎は、兼吉の昔の名前で声をかけてきた。兼吉は武士の時には謙之丞と名乗っていたが、那須屋に奉公する際に旅籠の手代らしい名前の兼吉に変えさせられたのだった。兼吉は動揺しながらも、

「お久しぶりでございます。いまは、兼吉と名乗っております」

深々と頭を下げて、丁寧に挨拶をした。

「おお、そうか。兼吉とな」

平三郎はこう言って温かそうな笑みを浮かべた。心なしか声音も柔らかい感じがした。いかにも立場が上の者の余裕を持った鷹揚な態度だった。兼吉もつい緊張を弛め、

「最後にお会いしたのは、……」

懐かしい記憶の糸を手繰《たぐ》り始めると、

「残念だが、いまは昔話をしている暇はないのだ。さっそく本題にはいるぞ」

平三郎は冷たく遮り、久闊《きゅうかつ》でも述べるかと思われた幼馴染みの顔を消し去った。

「……」

兼吉は一瞬のうちに現実に引き戻され、目の前に棚倉藩十万石の用人の怜悧な顔があるのに気付かされた。

「幕府はいま大変なことになっているのだ」

平三郎にこう切り出されると、兼吉は立ちのぼる白い湯気に冷や水を差されたように、胸の内に浮かび始めた懐かしくむず痒いような感情があとかたもなく霧消するのを感じた。

「たいへんなこと、と申されますと」

宗右衛門が訊く。

「京と大坂でにらみ合っていた薩長方と幕府方がついに戦端を開き、幕府方が大敗したという知らせが届いたのだ」

「そ、それは、まことでございますか」

宗右衛門は、色白の顔を蒼白にして驚きをあらわにした。

（まさか、そんなばかな）

兼吉も驚いた。

昨今の世情の様子からいずれは戦《いくさ》がはじまるかもしれないということは、兼吉も予想はしていた。昨年の秋に幕府が政権を朝廷に返すという大政奉還の後、将軍慶喜が辞職した。暮れには朝廷が王政復古を宣言し、新しい政治体制が誕生した。

その後、なんとか新政権の一角に留まろうという幕府方の思惑が失敗し、両者の緊張の度合いが日に日に高まっていたことは、江戸方面から奥州街道を北上してくる泊まり客などから白河にも伝わってきていた。

　しかし、両者が鳥羽伏見で衝突し、よもや幕府方が負けるとは、いったい誰が予想しただろうか。兼吉には信じられない出来事だった。

「薩長は江戸まで攻めてくるのでございましょうか」

　宗右衛門がつとめて気持ちを落ち着かせるようにして訊ねると、

「もちろんだ」

　平三郎は厳しい表情で頷く。

「いま、わが家中は蜂の巣をつついたような騒ぎだ。いくさが江戸でおさまればよいが、へたをすると奥州まで飛び火してくる恐れもある」

　兼吉は、たしかに昔話などをしている時ではないことを悟らされた。

「奥州まで、いくさになるのでございますか」

　宗右衛門が血の気の薄くなった顔で訊くと、兼吉は想像以上に事態が切迫していることを感じた。

　平三郎は無言で頷くと、

「そこでだ。そなたらにわが藩の大事な役目を引き受けてもらいたいのだ」

　鋭い眼で宗右衛門と兼吉を見据えて言った。

「何でございましょう」

宗右衛門と兼吉は背筋を伸ばして、平三郎の次の言葉を待った。

「わが藩の探索方をつとめてはくれぬか」

いちおう訊ねてはいるが、平三郎の態度には有無を言わせぬ雰囲気があった。

「探索方、でございますか」

宗右衛門が不安げな顔で訊く。兼吉も体が強ばり表情もいちだんと硬くなるのを感じた。

探索方という役目は、何やら秘密めいた響きばかりでなく、後暗く危険な感じさえする。

「そなたらが警戒心を抱くのはやむをえんの。だが、探索方といっても、お尋ね者の探索や藩のご政道を批判する者を見つけて密告するような役目ではない」

宗右衛門の緊張した表情を見て、平三郎が、いかにもという柔らかい表情をつくって言った。

「当家はいま、いち早く薩長方について恭順の態度を示すか、このまま幕府方でようすを見るか、運命の分かれ道なのだ。よく先を見きわめた上で判断を下さねばならん。それには世情の動きをつぶさにつかんでおく必要がある。そなたらは商売柄、江戸をはじめとする関東や奥州の各地からの泊まり客のもたらすさまざまな情報に触れることも多いはずだ。その中で、大事と思われることをわしの方に報告してくれればよいのだ。これなら身の危険を案ずることもあるまい」

「……」

宗右衛門は押し黙ったまま、すぐに返事をすることができなかった。たしかに那須屋は、泊まり客の相手をする中で各地の情報に触れる機会があり、世情には通じている。やってできないことはないだろう。しかし、危険な感じがして不安である。

宗右衛門が躊躇《ためら》っていると、平三郎が、

「もちろん、ただ働きをしてくれと言っておるのではない」

何か含みのありそうな感じで言った。

「これはまだ内密の話なのだが、ひょっとしたらわが家中は白河に戻れるやもしれんのだ」

「いったいそれは、どういうことでございますか」

「一昨年の所替は、どうにも納得がいかないという空気が家中に渦巻いておった。それもそのはずだ。大殿が外国掛の老中であった際の処罰は、幕府が兵庫開港に反対の朝廷の意向を慮《おもんぱか》って大殿に詰め腹を切らせたようなものだ。その上、望まぬ隣藩への所替だ。わが家中は幕府の命にしたがっていったんは棚倉に移った後も、白河への再封願いをずっと訴え続けてきたのだ。どうやらそれが、近いうちに実りそうなのだ」

「えっ、それはほんとうでございますか」

宗右衛門は驚きと同時に強い関心を見せた。

(もしほんとうなら……)

兼吉も大きな期待を抱いた。

「ああ。当家が白河に戻ったあかつきには、褒美として那須屋の本陣格上げを考えておる。けして損な話ではあるまい、む」

それでも宗右衛門は返事ができずに躊躇していると、平三郎が、

「それだけではない。謙之丞、いや兼吉だったか。おぬしのはたらきしだいでは、若殿に再仕官をお願いするつもりだ。どうだ、そなたら、これでもやらんというのか」

こう言うと、平三郎は片頬を緩めてにやりとした。

兼吉は、平三郎が子どもの頃から利にさとく、人とのかけ引きに長けていたことを思い出した。ここは、慎重に考えねばならない。しかし、それでも兼吉は、胸の奥で動くものがあった。

（探索方の役目の見返りが那須屋の本陣格上げばかりか、俺をもう一度阿部家に仕官させてくれるというのか）

本陣は宿場一格式の高い旅籠で、大名などの身分の高い者が泊まる。脇本陣はそれに次ぐ格式で家老などの重臣が泊まる。平の旅籠とは大きくことなるものであった。

那須屋は、何代か前は白河宿の本陣としての格式を持ち、城下一の旅籠として繁盛していた。昔、奥州のとある大名が宿泊した際に無礼な失態を犯したことから、脇本陣に格下げになったと、番頭の左兵衛から聞いたことがあった。

宗右衛門も無念でならないらしく、折に触れてはこのことを口にするのだった。いつか本陣の格式を取り戻すことをひたすら願い、ことあるごとに「そんなことでは本陣にはなれないよ」と、奉公人を叱咤していた。

那須屋の再興は奉公人の一人として喜ばしいことだが、本音を言えば兼吉にとっては阿部

家への再仕官の方がはるかに大事なことだった。阿部家の家臣に戻れるなら願ってもない話である。

「わかりました。兼吉ともども探索のお役目、引き受けさせていただきます」

宗右衛門がきっぱりと答えて頭を下げると、兼吉も宗右衛門に倣って深く頭を下げたのだった。

二節

城で平三郎から探索を命じられた兼吉は、翌日からすぐに探索を始めたのだった。宗右衛門は、番頭の左兵衛にだけは阿部家から探索の密命を受けたことを伝えた。左兵衛は奉公人への目配りが利き、宗右衛門からの信頼がもっとも厚かった。

兼吉は宗右衛門から、左兵衛の許可さえ得れば自由に外出ができるようにしてもらった。さらに、兼吉の探索の手伝いとして那須屋で雇っている馬方の源蔵という男も付けてもらった。

源蔵は数人いる馬方の頭で、米やその他の積み荷を運んで白河から奥州街道を南に向かい、下野《しもつけ》の氏家宿まで月に何度も往復する。その道中で、江戸から来た旅人や馬方などの仲間から江戸方面のさまざまな情報を得ることができた。源蔵は相撲が得意で腕っ節が強い上に足が速く、いざという時には心強い男だった。

兼吉は那須屋の泊まり客から情報を集めたり、宗右衛門から奥州街道のあちこちの宿場に文を出してもらい情報を集めた。その中から重要と思われる事柄について、逐次平三郎に報告した。

兼吉はその任務を精一杯はたそうとしたが、他の奉公人には探索の役目は隠さなければならなかったので、奉公人たちからは兼吉の行動が不審の眼で見られた上に、以前にも増して意地の悪い仕打ちを受けるようになった。

ある日、兼吉は那須颪《おろし》の吹き荒《すさ》ぶ中、黙々と薪を割り続けていた。真冬の一月の終わりというのに、真っ白い息と一緒に体中から吹き出す汗が湯気を立ち上らせている。兼吉は那須屋の裏庭で、もう二刻（四時間）ばかりも薪割りをしていたのだった。すでに腕の感覚がなくなり、狙いをさだめた斧の刃は、しばしば四、五寸の太さの薪をはずすようになっていた。

（もう、二年近くもこんな下男のような仕事ばかりだ）

兼吉はわが身の不遇を呪った。

兼吉が那須屋に奉公したのは、暮らしに困っていた時に父の昔の知人から紹介された話だったので、否も応もなかったのである。それを、今となっては後悔しないわけでもなかった。だが、こんな屈辱的な境遇ももう少しの辛抱で変えられるかもしれない。

（いつまでもこんなことはしてないぞ。必ず武士に戻ってみせる）

兼吉は再仕官の夢に望みを託し、薪を割る斧に力をこめた。

「おい兼吉、薪割りがおわったら、馬小屋のそうじをやれ」

店の裏口から顔を出した手代の熊吉が怒鳴った。

熊吉は、兼吉より二つ年下だったが、奉公人の古株面して兼吉を意地悪くこき使う。本来、馬小屋の掃除などは旅籠の奉公人の仕事ではないはずだ。那須屋でやとっている馬方や下男の仕事だろう。だが熊吉は、元武士で年上の兼吉にこのような汚い仕事を言い付け、兼吉の苦しむ姿を見ては日頃のうさを晴らしているようだった。

（しかたがない、やるか）

兼吉は汗を拭く間もなく、馬小屋の掃除にとりかかった。那須屋では人や荷を運ぶための馬を数頭飼っていて、馬小屋は店の裏手にあった。

「むっ」

馬小屋の中に入ると糞尿の臭いが兼吉の鼻をついてくる。いつまでたってもこの臭いには慣れない。冬の季節はまだよいが、これが夏ともなると、もう耐え難い。臭いは馬小屋の外にまで溢れ、中に入ろうものなら、頭がくらくらして、息もできないほどである。

兼吉は三つある馬小屋のひとつひとつの中に入って、糞尿にまみれて真っ黒くなった敷き藁を運び出して、裏の畑に積み上げた。積み上げられた真っ黒い藁は、春になると、田畑で堆肥として使われる。このようなことは武士の時にはわからなかったことである。

馬小屋の掃除をすべて終えた頃には、あたりは薄暗くなっていた。その薄暗い空から白いものが降ってきた。ひと息つく間もなく、

「つぎは風呂の水くみだ。いそいでやれ」

　裏口からまた、熊吉の容赦のない声がかかった。

　井戸の釣瓶から水を汲み上げ、手桶に入れる。それをふたつ下げて、泊まり客の入る風呂桶に注ぐ。客用の風呂は大きく、一杯にするまでには、何十回となく井戸と湯殿を往復しなければならない。その何度目かのことだった。あまりの寒さでかじかんだ手から手桶が滑り落ちた。手桶から水が流れ出し、風呂場の前の三和土《たたき》が水浸しになってしまった。それを見ていた熊吉が、

「何やってんだ。このウスノロめ！」

と、怒鳴り出すや兼吉の尻をいきなり蹴飛ばしてきた。兼吉はこぼれた水に滑って前のめりに倒れ、三和土にしたたか顔を打った。よろよろと立ち上がって、擦りむけた顔に手をやる。その手には真っ赤な血がついていた。それを見たとたん、兼吉は我を忘れて熊吉に摑みかかって行った。

「なんだ。やんのが」

　熊吉も血相を変えて応じてきた。二人はもつれ合いながら裏庭にころげ出た。

「おい、俺にさがらってただですむど思ってんのが」

　熊吉が息を弾ませながら凄む。

　兼吉は体が小柄で細身だった。武士だった頃は、役目として鉄砲の扱いは得手だったが、腕力が弱く武芸は苦手だった。熊吉は兼吉よりひと回りも大きく膂力《りょりょく》も強かったので、熊

吉に勝てるかどうか自信はなかった。しかし、元武士の矜恃を捨てていない兼吉は熊吉に向かって行った。

　熊吉は兼吉の勢いに狼狽し、

「おーい、誰がいねえがー」

　店の方に大声で助けを求めた。すぐに店の方から奉公人が数人すっ飛んできた。

「おっ」

　奉公人たちは兼吉と熊吉が組み合っているのを見ると、いっせいに兼吉に飛びかかってきた。兼吉は丁稚の一人に腰に抱きつかれて倒されると、もうどうにも身動きできなくなってしまった。すでに態勢を立て直していた熊吉が、

「二度とさがらわねように、思いしらせでやれ」

　と、仲間の奉公人たちに顎で命令した。すぐに兼吉の腹と言わず背中と言わず、容赦なく体中に鋭い蹴りが襲いかかってきた。兼吉は体を丸め蓑虫のようになって防ごうとしたが、無駄な足掻きだった。奉公人たちの手加減のない足蹴が執拗に兼吉を痛めつける。いつしか兼吉の意識は遠のいていった。

　兼吉が気がついた時には、温かい部屋の中にいた。

「だいじょうぶ？」

　頭の上で女の声がした。兼吉は起きあがろうとしたが、まったく体が言うことをきかない。体中が痛みで火のように熱く、頭も朦朧としている。女に見覚えはあったが、誰だったかす

ぐにはわからなかった。開いた眼をもう一度瞑《つぶ》って記憶をたぐると、ようやく思い出せた。

「あたしが誰だかわかる？」

女が顔を近づけて訊く。

「ああ」

兼吉は、やっと答えることができた。

喉がひどく渇いていて、声を出すと口の中で掠《かす》れた音がするようだった。女は那須屋の隣の坂田屋の飯盛り女の志づだった。以前に志づが、坂田屋の店先で酒に酔った客にからまれて困っている時に助けてやったことがあり、それ以来、時々顔を合わせると挨拶をかわすことがあった。

「ひどくやられたようね。裏庭でたおれていた兼吉さんをここまではこぶの大変だったんだから」

志づは、白い歯を見せて言った。

「それはわるかったな。よく、お志づさんがここまで俺をはこべたな」

兼吉が感心してこう言うと、

「女のあたしに大の男ははこべないわ。仕事から帰ってきた馬方の源蔵さんが、たおれている兼吉さんを見つけてこまっていたので、ここにはこんでもらったのよ」

志づが笑みを浮かべながら答えた。

「そうだったのか」

「まったく、あのひとたちにはこまったものね。いつも兼吉さんを目の敵にして。兼吉さんもよくがまんしてるわね」

兼吉が、しばしば熊吉や他の奉公人たちに怒鳴られたり小突かれたりしていることは、隣の坂田屋にまで知れていたのだった。

「……」

兼吉は言葉が出ず、唇を噛んだ。これまでの屈辱や悔しさが甦ってきた。下級とはいえ、なんで元武士だった自分が旅籠で下男奉公をしなければならないのか。無念の思いで胸が張り裂けそうだった。

他の奉公人のように、分別のつかない子どもの頃からの奉公ならば、町人身分としての己の運命と受け容れることもできるだろう。しかし、武士の家に生まれ、いったん武士として成人した兼吉にとって、一段低く見なしてきた町人の世界に入り、そのしきたりに従うことは想像以上に身に応えるものだった。

熊吉たちにしてみれば、今まで下から見上げていた者が自分たちの仲間に入ってきたのでは、素直に温かく迎え入れられるものではないだろう。むしろその逆で、反感や憎しみの感情の方が何倍も多いだろう。そんなことは兼吉も人情としてわかってはいるつもりだったが、今まで受けた扱いはあまりにも苛酷なもので、想像をはるかに超えていた。

ことば遣いひとつとっても、主や番頭はもとより、熊吉をはじめとした奉公人たちからも口やかましく咎められた。新入りとして朝は誰よりも早く起きて、寝ることができるのは一番最後であった。その上辛い仕事ばかり言い付けられる。

どうして自分がこんなことをやらなければならないのかと、何度思ったことか。いっそ奉公をやめて素牢人にでもなった方がよほど気が楽だと思ったこともあった。しかし、情けないことに今の兼吉には自分ひとりの口過の道が他にはなく、逃げ出すこともできなかった。

「しんぼうしてるのは、ふたりとも同じね」

志づは急にしんみりとした口調で、ぽつりと言った。

「あたしも、親の借金のかたに十五のときに売られてきて、もう六年にもなるわ。自分でもよくやってきたと思ってる」

越後の貧村の生まれだという志づは、色白で細面のどこか寂しげな表情を湛えた女だった。

「あら、いやだ。しめっぽくなってしまったわね」

顔を上げた志づはふたたび笑顔を見せて言った。

兼吉に飯盛女の苦労はわからなかったが、ふつうの奉公人の苦労の比ではないだろう。それを六年もの長い間耐えてきたのだ。自分はまだ志づの半分の年月も苦労していない。泣き言を言うわけにはいかないと思った。

三節

二月に入ってまもなく、平三郎が一人の従者をともない、突然那須屋にやってきた。

宗右衛門が平三郎を離れに通すと、兼吉も呼ばれた。那須屋の離れは客が泊まる建物の裏の別棟になっており、大事な客をもてなす時に使われた。少し大きめの茶室のような造りで、表には趣のある庭もしつらえてあった。そこには山茶花の赤い花が咲いていた。

「正式に当家の白河再封が決まったぞ」

平三郎が、出された茶を手にしながらおもむろに告げた。

「そ、それは、ほんとうでございますか」

宗右衛門は肥えた身体を乗り出して言った。

「先日、江戸の若殿が登城された折、幕府より沙汰があったと江戸表より早馬で知らせがあった。まちがいない」

「おめでとうございます」

宗右衛門は満面の笑みを浮かべてこう言うと、深く頭を下げた。

兼吉も嬉しさのあまり、宗右衛門以上に大きく上体を折り曲げた。

「うむ。まことに目出度いかぎりだ。棚倉の家中一同も大変なよろこびようだ」

平三郎も表情をくずして言った。お供の藩士も大きく頷く。

「当家が棚倉転封となって以来、ずっと続けてきた白河再封の嘆願が、ようやく幕府に認められたのだ。ここまでくるにはまことに難儀した」

平三郎はいかにも安堵した表情で茶を啜る。よく見ると平三郎の頭には白いものがちらほら見え、額にも深い皺が一本刻まれている。どちらも昔はなかったものだった。

若くして藩内一の出世をとげて皆から羨望の目で見られているが、藩の重責を担うことは余人には想像もできないほどの気苦労があるのだろう。

「わが家中が白河にもどった暁には、そなたらとの約束もはたそうと考えておる」

平三郎は鼻高げに言った。

「ありがたいことでございます」

宗右衛門は涙を流さんばかりに感激した様子で、何度も頭を下げた。

(これで、やっと俺も武士に戻れるんだ)

兼吉の胸の内に喜びがこみ上げてくる。これほど嬉しいことはない。やっと自分の将来に光が見えてきた。

「ちかぢか城下のおもだった者に集まってもらい、正式に当家の白河再封が伝えられ、皆に祝いとして金一封が渡されるはずだ。その場で、家中の引っ越しの手はずやらなにやらの話になるであろう。いそがしくなるが、よろしくたのむぞ」

「承知いたしました」

宗右衛門も顔を輝かせて応じた。

一藩挙げての家中一同の引っ越しとなると大事である。正規の藩士だけでも千人ちかくいるが、家族を含めるとその数倍にもなる。二年前の棚倉への引っ越しの時も大騒動だった。白河藩の十万石に対して棚倉藩は六万石で、その分藩士の数も少なく、すべての阿部家中を収容するだけの屋敷が足りなかった。あらたに棚倉城下に藩士の屋敷を準備するのに半年以上もかかっている。望まぬ転封ということもあったが、阿部家の棚倉への引っ越しがすべて終わったのは、転封の沙汰があってから一年近くもたってからであった。

「ところで、世情の動きで何か変わったことはないか」

「上方でいくさがはじまって以来、江戸周辺の諸色がどんどん値上がりしているという情報が入っております。皆がいくさにそなえて必要な諸色を買い入れているものとおもわれます」

宗右衛門も困っているという表情で答える。白河でも身の回りで使う品物の値が少しずつ上がってきていた。

「うむ。上方はもちろん、江戸のほうも不穏なようだからな。武士も町人もいざと言うときのことを考えているのであろうな。そのほか諸藩のようすはどうだ」

「奥州の諸藩の藩士が、多数江戸より国元へ下っております」

「それはどのあたりの藩だ」

「ついちかごろでは、会津藩、米沢藩、秋田藩の家中が数十人ずつ泊まっていきました。そのほかひとりふたりの家中まで入れますと、かなりの数のお武家さまが国元へ戻っているようです」

城下を往来する者の中で、武士の姿がいっそう目立つようになってきている。

「そうか。どこの藩も江戸から引き揚げて国元でそなえようというのだな。逆に、江戸に向かう者の方はどうだ」

「はい、以前とくらべてめっきり減ったようにおもわれます。先日、会津藩の若殿様が江戸へ向かう途次、白河泊まりの予定でしたが、突然中止との知らせがありました」

会津藩の若殿とは、水戸家から会津藩主松平容保の養子となった喜徳のことで、将軍慶喜の実の弟である。

「ほう。会津で何かあったかの」

「くわしいことはまだわかりませんが、会津藩ではいくさにそなえて百姓の兵を大勢あつめているようです」

宗右衛門は、猪苗代湖の南の会津藩領福良宿にある脇本陣後藤屋から那須屋に婿にきていた。宗右衛門は実家の後藤屋を頼って会津方面の情報も集めていたのだった。後藤屋の方も、那須屋と同じように会津藩から探索の仕事を命じられていた。兼吉は宗右衛門の命で一度福良に行き、情報を交換し合っていた。

「会津藩は京都守護職として、京の治安をまもるためにきびしく不逞浪士たちの取り締まりをおこなった。配下の新選組はかなり荒っぽいやり方をして、あちこちから恨みを買っているようだ。蛤御門の変では長州藩と戦い敵同士となった。いずれにしろ、薩長は会津藩をこのままにしてはおかぬであろう。会津藩もそれを警戒して武備を固めているのだな」

平三郎は薩長と会津の動きを推測した。

「阿部さまは、これからどうされるのですか」

宗右衛門が心配そうに訊いた。兼吉ももっとも気になることだった。

「あまり大きな声では言えぬのだが、そうとう難しいことだけは確かだ。もはや幕府も大政を奉還し形だけになってしまった。もう公方様はまつりごとを行う考えがないようだと聞く。幕府のことはすべて旗本たちに任せたらしい。わが大殿が老中を罷免されて以来、もう幕府はがたがたになってしまった。いまの老中たちにはなんの力もないし、幕府もかつての威光は見るかげもない。その一方で、薩長の方はますます勢いづいて、いずれ京から江戸に乗り込んでくるであろう。そうなるとわが藩もどうなるかわからん。白河に戻れるからといっても安心はできんぞ。これからが正念場だ。わが藩が生き残るためにも、できるかぎりの情報を集めねばならん。力のない小藩にとっては情報が命だからな」

平三郎が鋭い目をして言った。

数日後、白河城下の町名主一同をはじめ、おも立った商人たちが城に集められ、棚倉藩より白河再封の御祝儀として金一封が配られた。

兼吉は城から戻った宗右衛門に呼ばれた。

「阿部さまより白河再封のお祝いとして、末広と襟地、金一封をいただいてきた」

兼吉が宗右衛門の部屋に入るなり、宗右衛門が有り難そうに言って拝領の品を見せた。丸顔の宗右衛門が目尻を下げて嬉しそうに見えた。

「それはようございました」

兼吉は笑みを浮かべて言った。ちょうどその時、宗右衛門の一人娘の千代がお茶を淹れてきた。

「お父さま、どうぞ」

と言って宗右衛門の前に茶を置いた。

千代はたしか十八のはずだった。ふだんはほとんど店には出て来ることはなく、奥で過ごしているようだった。時折千代の奏でる琴の音が奥から聞こえてくる。早くに母親を亡くしていることもあり、表情に寂しげな色も見えるが、奉公人の間では優しい気遣いをしてくれると評判はよかった。千代が部屋を出ていくと、

「目出度いのは目出度いのだが」

すぐに宗右衛門は硬い表情になった。

「ご祝儀をいただいたのちに、ついでのように才覚金を出すようにとの仰せがあったのだ」

「才覚金、でございますか」

「ああ、向こう三年間で三百両を上納するようにとのことだ。三百両は大変な額だ」

宗右衛門はため息をついた。

才覚金とは、いわば藩への献金である。藩からの御用達指定を受けた商人は、扱っているそれぞれの品物を優先的に藩に納めて多大な利を得ることを保証される。那須屋の場合は物を売る商いをしているわけではないが、阿部家の家臣に優先的に宿泊してもらえる。

阿部家の家臣が江戸に行くにも北の仙台方面に行くにも、いったんは白河に出て奥州街道を使う。そのため阿部家の家臣たちは、白河城下の旅籠で休んだり泊まったりするのだった。

しかし、その見返りとして、才覚金を数年にわたっておさめねばならないのだ。藩御用達の利も大きいが、三百両の才覚金もまた重い負担であった。

阿部家中はこれから引っ越しの支度をしたり、万一の戦にも備えなければならない。金はいくらあっても足りないくらいだろう。台所事情の苦しい阿部家は才覚金に頼るしかない。那須屋としては才覚金を捻出するために、今以上に店を繁盛させて稼がなければならなくなった。それでも宗右衛門にとっては、那須屋が本陣に格上げになるのであればなんでもないことだろう。

この後まもなく、阿部家の家臣が頻繁に白河城下に入ってくるようになった。以前住んでいた屋敷の修理をしたり、新たに建て増ししたりして、慌ただしく引っ越しの準備が始められたのだった。

四節

二月二十日、前会津藩主松平容保《かたもり》が江戸から国元に引き上げる途中、白河城下の本陣奥州屋に宿泊した。

那須颪《おろし》が吹きつける寒い日だった。佐兵衛が容保一行の到着を知らせたので、他の奉公人と一緒に兼吉も店の前に出てみると他にも大勢の見物人が出ていた。容保はすでに家督を養子の喜徳に譲り、自らは逸堂《いつどう》と称していた。しかし、喜徳はまだ幼年ということもあり、藩政の実権は依然として容保が握っていた。

馬に跨り静々と通り過ぎて行く容保は、身に纏っている装束も馬の飾り物も、会津二十三万石の前藩主の偉容を見せつけるものだったが、塗笠に隠れて窺えない顔からは沈痛なものが伝わってくるようだった。わずか十数名ばかりという従者の数も、一層、容保を寂しく見せている。

容保の胸中はいかばかりであったか。朝廷の命によって、火中の栗を拾うというよりは、油をかぶって火の中に入るといった方がふさわしい京都守護職という難職を引き受け、粉骨砕身京の治安を守るために闘ってきた。

どこの藩も財政は窮乏しているように、会津藩の台所事情も苦しいものであった。そのような時に、国元の会津からはるか京まで一千名以上の藩士を率い、何年もの間任務を遂行してきた。いくら幕府から役料が出たといっても、負担ははかりしれないものがある。慣れない京の暮らしと危険な任務は多くの藩士を疲弊させた。命を落とした藩士も大勢いる。一方、留守を守る藩士の家族もまた精神的にも経済的にも苦難を強いられてきた。

容保の京都守護職就任については、藩内でも強い反対があったという。そのことが家臣団に亀裂を生じさせた。それでも容保をはじめ会津藩士は、忠実にその任務を全うしてきた。

それが、鳥羽伏見の戦いにおいて誰もが予想だにできなかった敗戦を喫し、その上将軍慶喜の大坂からの江戸逃亡の巻き添えを食って家臣の信頼を失い、容保は激しい非難を浴びた。

江戸に戻った慶喜は、本拠地の江戸で態勢を立て直して薩長を迎え撃つかと思いきや、まったく戦意を失い政権を投げ出してしまった。それればかりか、容保の登城を禁止し、江戸からの退去を命じたのである。

容保は忠誠を尽くした将軍や幕府に裏切られ、江戸から追い出されるようにしての無念の会津帰国であった。容保自身は朝廷への恭順の気持ちが強いようだったが、藩内の強硬派の突き上げが激しかった。そのようなさまざまな思いが重なり合い、馬上の容保の表情には濃い苦悩の色が漂っているようだった。

容保一行は那須屋のはす向かいの本陣奥州屋に入った。

「会津さまは薩長といくさをやる気でいんのがい」

兼吉といっしょに容保一行を見ていた源蔵が訊く。

「会津側からはしかけないだろうが、薩長側から攻められれば応じるしかないな。容保公はかならずしもそうではないらしいが、藩内の強硬派は徹底して薩長と戦うと息まいているようだ。いくさにそなえて兵を集めたり、新式の武器を買い込んだりしているといううわさがしきりだ」

兼吉が答えると、

「いくさで家を焼がれだり、人が殺されだりするごどになんねえどいいな」

源蔵が心配そうに言った。

松平容保が会津へ去った数日後、江戸を引き払った会津藩士とその家族が続々と下向し、白河城下に泊まった後、会津へと帰って行った。その後、奥州の諸大名も同様の動きを見せ、那須屋をはじめ城下の旅籠は連日満杯となり、てんやわんやの騒ぎが続いた。

二月の二十八日。晴れてはいたが、昨夜来風が強く、あちこちで立木が倒れていた。明け方、那須屋に早駕籠が着いた。江戸より棚倉藩中老の平田治郎右衛門が帰国したのだった。

「平田様、どうぞこちらへ」

店の前で出迎えた平三郎が、奥の離れに案内しようとすると平田は、

「玄関先でひと休みしたら、すぐに仙台へゆかねばならん。次の駕籠を用意してくれ」

と、肩で大きく息をしながら言った。

平田は、まだ冬の寒さが残る日だというのに顔から汗を滴らせ、眼の周りに大きな隈をつくっていかにも疲労困憊のようすだった。江戸から一時の休みも無く駕籠を飛ばしてきたのだろう。

「これから仙台へ、でございますか。それはいくらなんでも……」

宗右衛門は驚いてことばを失った。

平田は昼夜を問わず駕籠に揺られて、満足に寝ることもできなかったはずである。身体のことを考えれば、続けての仙台行きはあまりにも無謀といえる。

(そんなに事態が切迫しているのか)

平田は自力で駕籠から出ることもできなかったので、兼吉が平田を抱きかかえて駕籠から出し、宗右衛門と左右から平田を支えて離れまで移動させた。平田は離れの部屋に入るやそのまま倒れ込んでしまった。

大きな鼾をかき、正体無く大の字になっていた平田が眼を覚ましたのは半刻ばかりたった後だった。突然、雷に撃たれたようにがばっ、と起き上がった平田が、

「こうしてはおれん、すぐに仙台に行かねば」

と叫んだ。

「平田様、江戸から戻られたばかりというのに、なにゆえすぐに仙台にいかねばならぬのでございますか」

心配そうに平三郎が訊く。平田が答えようとするが、宗右衛門と兼吉がいるのに気づいた。それを察した平三郎がふたりに目配せをする。

「ただ今、お茶と朝餉を用意します」

と言って宗右衛門がその場を辞した。兼吉もそれに従った。

朝餉をすませた平田が仙台へ発つのを見送った後、宗右衛門と兼吉は、平三郎とともに離れに戻った。

「平田さまが、あのように無理をなさってまで仙台へいかれたわけは、なんでございましょうか」

宗右衛門が訊ねる。

「表向きは、阿部家の白河再封の御礼ということになっている」

平三郎が答える。

「表向き、ともうしますと、その実は」

「うむ、これは藩の機密なので本来ならばそなたらには漏らせないのだが、世情の分析や情勢の判断のために、そなたらも知っておいた方がよいであろう」

平三郎がここまで言うと、やや前屈みになり声を落として続けた。

「平田さまのお話では、すでに薩長政府は奥羽鎮撫総督を定め、まもなく仙台に向かう準備をしているというのだ。それも、薩長政府が仙台藩に会津征討を命じるためらしい」

「なんと、そんなことを薩長政府は考えているのでございますか」

宗右衛門は驚いて、平三郎に合わせて屈めた体を思わずのけぞらせた。

「新政府とはいっても大方は薩摩と長州だ。とくに長州の会津に対する恨みは尋常ではない。とことん会津をつぶそうという肚《はら》に違いない。まんいち、仙台藩が会津藩を攻めるとなると、奥州の諸藩も高見の見物というわけにはいくまい。早晩われらもいくさにまきこまれるおそれがある。これはなんとしても阻止せねばならん」

「ええ」

宗右衛門も兼吉も大きく頷く。

「そこで、わが藩としては仙台藩に、会津征討をおもいとどまってもらわねばならん。平田さまは一刻も早くそのことを嘆願するために仙台へいかねばならなかったのだ」

「なるほど、そういうわけでございましたか」

納得したように宗右衛門が言った。

「わしもこれからすぐに棚倉へもどって、このことを重臣方につたえねばならん」

平三郎は言うや否や立ち上がった。

翌日、白河経由で阿部家の用人梅村角兵衛が従者ひとりを伴って、平田の後を追って仙台に向かった。おそらく、棚倉藩の重臣方の協議の結果、なにがしかの方策が立てられたものであろう。

阿部家の白河再封が決まったと言っても、これからの奥州はどうなるか予想もできない状況になってきたのだった。

五節

三月三日、明け方より霙《みぞれ》の天気となり、いったん緩んだ寒気がまた戻ってしまったようだった。

今日は雛の節句で店にも雛壇が飾られ、重苦しい世情の日々の中で、わずかばかり華やいだ空気が感じられた。

昼頃、松前藩三万石の志摩守徳広の一行が店の前を通過して行った。志摩守は阿部家の大殿とともに二年半前まで外国奉行として兵庫開港に関する交渉の難局にあたった伊豆守死去後、藩主となった人物である。

伊豆守は、極端な夷人嫌いで攘夷をかたくなに信奉する朝廷の圧力によって、正外とともに老中を罷免された。松前家もこの件以来不遇な道を歩むこととなった阿部家と同じ境遇に置かれている。兼吉は静かに通りすぎる志摩守の一行を複雑な思いで見送った。

昨日のうちに、今日の昼頃、江戸にいた阿部家の若殿美作《みまさか》守正静が白河に到着するという知らせが届いていた。

兼吉は宗右衛門とともに出迎えのために城の大手門に向かった。

城はすでに二本松藩から正式に阿部家に受け渡されていたので、今は阿部家の家臣が詰めていた。見覚えのある者が何人か門のまわりを固めていた。白河藩士の頃、兼吉も足軽を指図してこのような役目を務めていたのだった。

城下の町人たちも阿部家中が白河に戻ってくることは大歓迎である。その上、若殿までお国入りということで、門の前には大勢の町人が出迎えていた。皆、一様に表情は明るい。しばらく城主不在で心細い思いをしてきた町人にしてみれば当然のことであろう。

「皆の者、控えよ」

警護の武士の声が響き渡った。ざわめいていた町人はその場に平伏した。

まもなく若殿の駕籠が着いた。中町を通る奥州街道の大通りから駕籠が大手門の方に折れた。そのまま駕籠は大きく開かれた大手門内に入って行くと思われたが、門の前で駕籠が止まったようである。

兼吉は平伏したままであった。なにやら門の前で人の動く気配が感じられた。

「殿のお許しである、皆の者、面をあげよ」

先ほどの警護の武士がふたたび大きな声で告げた。

（どういうことだ）

兼吉は怪訝に思い、すぐには頭を上げられなかった。すると、

「皆の者、遠慮なく、面をあげよ」

重ねて声がかかった。

隣の宗右衛門がゆっくりと上体を起こしたのを見て、兼吉も頭を上げた。門の方に視線を向けると、駕籠の脇に色白で上品な若い武士がひとり立っていた。若殿らしい。

「正静である。皆の者、寒中の出迎え大儀であった」

先ほどの武士の野太い声とはまったく違った、静かな細い声が発せられた。その声は寒風にかき消されそうだった。

弱冠十八歳で、突然家督を継いで阿部家十万石の当主の座に就いて間もない正静は、緊張で声が震え、痛々しいほどである。しかし、わざわざ駕籠から出て出迎えの者達に言葉をかけてくれた若殿の温かい気持ちに感じ入った。出迎えの一同は、

「ははー」

と、ふたたび平伏してしまった。

(若殿は思いやりのある藩主となるかもしれないが、はたして今の難局を前にしてはどうだろうか)

兼吉は一抹の不安を抱かざるを得なかった。

宗右衛門と兼吉が店に戻ると、

「おかえりなさいませ」

と番頭の左兵衛が出迎えた。店先には熊吉をはじめ他の奉公人も何人かいた。

「兼吉、話したいことがあるから後でわたしの部屋に来なさい」

と、宗右衛門が声をかけて奥に入った。

「はい」

兼吉が答える。宗右衛門が店の奥に消えると、すぐに熊吉が兼吉のそばに寄ってきた。

「いい身分だな。いぐら旦那さまのお供どはいえ、このいそがしい時分に店の仕事もしねえでお城やあちこちに行ったりするがど思えば、ときどき離れで相談ごとをしたりして。おめえはいったいみんなにかぐれで何やってんだ」

熊吉が露骨に顔を歪めて言った。

「それは……」

兼吉は、本当のことを話すわけにはいかないので、ことばを濁さざるを得なかった。

「みんなに迷惑をかげで、言えねどいうのが」

熊吉が顔色を変えて兼吉に詰め寄る。

「すみません」

兼吉は頭を下げて詫びた。

熊吉は、兼吉の胸ぐらを摑んでしばらく睨み付けていたが、番頭の左兵衛の視線に気付くと、

「ふん」

と、鼻をならして乱暴に手を放した。

兼吉が宗右衛門の部屋に行くと、宗右衛門が腕組みをしながら、

「若殿さまが白河に戻られたのは良かったが、このさき奥州はいろいろと不穏になってくるようだな。これでは、ことしの提灯祭りはどうなるかわからないね」

難しい表情をして言った。兼吉も無言で頷く。

根っからの祭り好きで町内の祭りの世話役である宗右衛門は、白河の総鎮守鹿島神社の祭礼の提灯祭りを正月から楽しみにしていたのだった。どうやらそれが、昨今の世情不穏のために、開かれるかどうかわからなくなってきたというのだ。

「ちかぢか祭りの寄り合いがあって、ことしの祭りを開くかどうかの話し合いになる。わたしはどうしたらよいか迷っているんだよ」

宗右衛門が腕組みをしながら言った。兼吉も提灯祭りに思いを馳せ、どうしたものかと思ったが、

「祭りが開かれなくなったら町の者のたのしみがなくなってしまいます。今はたいへんな時節ですが、わたしはぜひ祭りをやってほしいとおもっています。町の者もみんなそう願っているのではないでしょうか」

と言った。

「うむ、そうだな。こんな時だからこそ、白河には祭りが必要なのかもしれないな。町の者たちの暗い気分を晴らし、町の者みんなの絆をたしかなものにするためにも祭りをやるべきかもしれないね」

「はい、わたしもそのとおりだとおもいます」

兼吉も大きく頷いた。

「うむ、わかった。そうしよう」

宗右衛門は娘の千代がさきほど淹れてきた茶を一口飲んだ。

そうした後、

「祭りのこともあったが、じつはわたしが一番心配なのは那須屋のこれからのことなんだよ」

宗右衛門が切り出した。

「おまえも知ってのとおりうちには跡継ぎがいない。いずれ娘の千代に婿養子を迎えて那須屋を継がせるつもりではいるが、なかなかよい婿がみつからないのだ」

宗右衛門はため息をついて言った。

宗右衛門に子は娘の千代だけだったので、宗右衛門としてはもっとも気にかかることであろう。宗右衛門も婿であり、那須屋の血筋は女で繋がっているようである。

「番頭の左兵衛は、店のことをよく知っているし、律儀でよい男なので信頼しているが、歳が四十ではちょっと千代がかわいそうな気もする。これまで、城下の商家や同業の他の店にもいろいろあたっては見たのだが、なかなか適当な者がいないのだよ」

兼吉は宗右衛門の話を黙って聞いていた。

「わたしはなんとしても三代前の那須屋のように、那須屋を本陣の格式の店に戻したいと思っている。婿養子というのはつらいもので、あたり前に店を切り盛りしているだけでは肩身がせまいのだよ。先代よりも少しでも店を繁盛させなければならない重荷を背負っているんだ」

宗右衛門は婿養子としての苦労を語った。兼吉はそういうものかと思った。

「会津の前のお殿さまの容保さまも養子として松平家に入られた。とかく養子というのは、血筋の繋がりのない分お家の繁栄のために骨身を削らないとみんなに認められないのではという思いがある。そのようなこともあって、たいへんな京都守護職という役目をお引き受けなさったのではないかな」

（たしかにそういうこともあるかもしれない）

兼吉は阿部家の大殿も旗本家からの養子である事を頭に思い浮かべた。大殿も人一倍阿部家の繁栄のために尽力し、老中にまで上り詰めたのだった。

しかし、その結果どちらもお家の苦難を背負ってしまった。阿部家は棚倉に転封となり会津松平家は薩長の攻撃の的とされてしまった。皮肉というか不運なものである。

「どうだろうね、兼吉。もしおまえさえよかったら、千代の婿になってこの那須屋を継いではくれないかね」

「えっ」

兼吉は驚きのあまりことばが出てこなかった。

「もちろん、おまえがもとのように阿部さまに再仕官したいということはよくわかっているよ。それなのに、わたしがこんなことを望んではどうかと思ったのだが、千代の婿にはおまえがもっともふさわしいと思っているんだよ」

「わたしには、身に過ぎたもったいないお話ですが、とてもお嬢さまとわたしではつり合いがとれません」

　兼吉はあまりにも突然で、しかも思いもよらない宗右衛門の申し出に戸惑いながら、額に汗を浮かばせて答えた。色白で可憐な千代の顔が頭をよぎったが、兼吉の胸中は複雑であった。

「いや、そんなことはない。わたしはおまえを買っているのです。たしかに那須屋に奉公するようになってまだ日も浅いが、おまえはよくやってくれている。なによりも、おまえは元侍だったこともあり、学もあり、分別というか他の奉公人とは違うものがある。これからの時代の商売は今までとは違った、なにか新しいやり方が必要なんだ。それができるのは、うちの店ではおまえしかいないと思っているんだよ」

　兼吉は、宗右衛門がこれほど自分のことを考えてくれているとは思ってても見なかった。

「いいえ、滅相もございません。わたしにはとてもそんな器量はありません。お話はほんとにありがたいとおもいます。それに那須屋におせわになっていながら、こんなことを申し上げるのははなはだ心苦しいのですが、わたしは先日の関さまのお話を受けようとおもっています。ですから、このお話は……」

　兼吉は畳に頭を擦りつけて固辞した。

「兼吉、顔を上げなさい。おまえの気持ちはよくわかりました。とにかく、白河城下が平穏無事でなければ、那須屋のこれからもおまえの再仕官もないのですから、いまはわたしたちは阿部さまのために探索の仕事をしっかりやることにしよう」

「はい」

兼吉は安堵しながらも気持ちを引き締めて答えるのだった。

二章　官軍参謀暗殺

一節

三月に入ると、阿部家の大殿正外も江戸より下向し、白河への引っ越しの準備が整うまで棚倉で過ごすことになった。

宗右衛門も兼吉もいよいよ阿部家の白河再封が近づいたと思い、大いに期待していたところに、平三郎が那須屋にやってきた。

いつもどおり離れに通した。

「当家の白河への所替えはどうやら沙汰止みになったようだ」

平三郎が厳しい表情をして、いきなり告げたのだった。

「なんと、それはいったいどういうわけでございましょう」

宗右衛門が顔色を変えて訊く。

(なにがあったというんだ)

兼吉も胸を強く突かれたような衝撃を受け、体中から血の気が退くような感じがした。

「知ってのとおり、二月の末に白河城に詰めていた二本松藩より当家に城の引き渡しが行われた。だが、その後いくら待っても幕府の方からは当家へ郷村帳の引き継ぎがなされなかった。郷村帳がないと領内から年貢もとれず、まつりごとにならない。そこで幕府に問い合わせてみると、京の薩長政府が会津征討の拠点とするために白河城を仙台藩に与える方針だというのだ」

「それはまた、なんということで……」

兼吉はことばを失った。

「御家老の平田さまと用人の梅村さまがすぐさま仙台にとんで行き、白河城の受け取りを辞退してくれるよう、お願いしたのだがだめだった。もはや、薩長政府の意向を変えることなどできるものではないらしい。すでに公方様はみずから上野の寛永寺に入って謹慎の身となった。徳川家そのものも幕府ももはや無力になってしまったということだ」

「そうですか」

宗右衛門はひどく落胆した様子で言った。

(もう幕府はまったくだめなのか。そうなると阿部家の白河再封も難しいな)

兼吉も動揺を抑えきれなかった。

昨年秋に幕府は朝廷に大政を奉還し、政治の実権は朝廷とそれを支える薩長に移った。それでも細々と徳川家とそれにつらなる政のしくみは残っていた。今ではそれさえ崩壊してしまったのだ。そうなると、棚倉藩も白河城下も阿部家中の行く末さえ危ういものである。もはや、那須屋の本陣復帰も兼吉の再仕官も望めない。

（俺はもう武士には戻れないのか。熊吉たちに意地の悪い仕打ちをうけながらこのまま奉公人のくらしを続けなければならないのか）

兼吉は深い絶望感に襲われた。

「御家老の阿部勘解由様が先日京都に向かわれた。京都の薩長政府と交渉するためだ。なんとかなればいいが、正直いって情況はきびしいな。有栖川宮が東征大総督として、薩長軍をひきいて江戸に進攻するかまえだ。幕府方は戦う気はないようだが、旗本の強硬派は彰義隊というものを結成して断固抗戦するようだ。そうなると江戸は戦場となり、焼け野原となるやもしれん」

兼吉の心中などまったく気づかない様子で、平三郎が政情を論じ続ける。兼吉は揺れる気持ちのまま聞いていた。

「なるほど、それでこのところ江戸から下向する奥州の大名方の御家来衆が、頻繁に往来しているわけでございますか」

宗右衛門が応じる。兼吉もやっと気を取り直して、ふたりの話に耳を傾け始める。

確かに三月になり、仙台藩をはじめ本庄藩、上山藩などの奥州の諸藩士が大勢城下に泊まったり、早駕籠が慌ただしく北に向かって行ったことを思い出した。数日前には会津藩の婦人数百人が、江戸から下ってきて何軒もの旅籠に分宿した。会津領からは二百人ほどの人足やら警護の武士が迎えにきたりして、城下は一時騒然とした雰囲気に包まれたのだった。

「奥州の方はだいじょうぶなのでございましょうか」

「いや、わからんな。奥羽鎮撫総督軍が、先日大坂から仙台に向けて海路を出発したという知らせが入った。これが到着すれば、仙台藩はたいへんなことになる」

「たいへんなこと、と申しますと」

「薩長政府の肚は決まっている。会津征討だ。おそらく、政府の命を受けた奥羽鎮撫総督軍は仙台藩に対して会津を攻めろと無理強いするであろう」

「あの仙台藩が、そんな命令にしたがうのでございましょうか」

「うむ、これが難しいところだ。奥州一の大藩の仙台藩六十二万石には誇りがあるし、なぜ会津を攻めねばならないのだという反発もある。そうかんたんには総督軍の命にはしたがうまい。奥州は仙台藩の考えひとつにかかっているといってもよい」

「そうですか」

宗右衛門がため息をついて言った。しばらく重苦しい沈黙が続く。

「わしはこの難局を乗り切ってかならず白河に戻ってくるつもりだ」

平三郎が静かだが固い決意を示すように言った。

「なんとしてもわが藩が生き残っていく方策を考えねばならん。それには薩長の動きや他藩のようすをつぶさに知る必要がある。これまで以上に探索の役目が大切になってくる。心してやってくれ」

平三郎が強い力のこもった眼で続けた。

「承知しました」

宗右衛門がしっかりと応じる。兼吉も大きく頷いた。

ようやく兼吉は平三郎の確固たる決意と宗右衛門の揺るぎのない態度を心強く感じて、正気に戻るような気持ちになった。

「じつは、同じ町内の山形屋という旅籠に不審なお侍たちが泊まっているといううわさがあります」

兼吉は近所から聞き付けたことを思い出して言った。

「どんな侍たちだ」

平三郎が訊く。

「そうとう身分の高そうな主とお供の者数人の一行だということです。なんでも、お供の者の話すことばがまったく聞いたことがないことばのようです。白河城下には奥州一円はもとより、江戸をはじめ関東からも泊まり客が大勢きますので、たいがいのことばは耳にすることはありますが、まったく聞いたことがないというのはめったにありません。いったいどこのお侍か、山形屋でも不審に思っているようです」

「かなり身分の高そうな侍で、しかも関東や奥州ではないとすると、いったいどこでございましょうか」

宗右衛門は思案顔で言った。

「もしかすると、それは小笠原長行《ながみち》さまかもしれんな」

ふと思いついたように平三郎が言った。

「小笠原さま？」

宗右衛門がはじめて聞いたという顔をする。

「九州の唐津藩の世継ぎで、いっとき大殿さまといっしょに幕閣のご同輩となられたことのあるお方だ。小笠原家は唐津の前は棚倉の藩主だった。そうか、そういうことか」

平三郎は何か気付いたようだった。

「じつはわが家中でも困ったことが起こっていたのだ。先日、当家に小笠原さまが江戸から奥州へ避難するので、ついては当家のやっかいになりたいとの依頼の文が届いた。かつての幕閣のお歴々も政権が変わって、いまや薩長政府からはお尋ね者のように付け狙われているのだ。とくに薩長勢に対して批判的だった老中などは目の敵《かたき》にされている。やむなく、何人かの元老中が名を変えて奥州まで落ちのびてきているらしい」

「元ご老中さまがそんなことに」

宗右衛門は驚き、気の毒そうに言った。

「当家はいま、この一件で苦慮していたのだ。大殿さまは、ともに幕政を担ったご同輩が頼ってきたのだから、ぜひ受け入れるようにとのお考えだ。ところが、御家老をはじめ重臣方はそれに難色をしめしている」

「それはまたどうしてですか」

兼吉が訊く。

「当家が小笠原さまを受け入れたとなると、いざという時には薩長政府の心証を悪くする恐れがある。そもそも大殿さまご自身が薩長政府から追討の的となっているかもしれないのだ」

大殿様は老中時代に兵庫開港を唱えて朝廷や尊攘派と対立し、老中を罷免されているから当然であろう。

「若殿さまのご意向はどちらなのですか」

宗右衛門が訊く。

「若殿には、いまの複雑な政情を乗り切る力はまだあるまい。ほとんど重臣方にまかせておられる。一方、大殿は隠居されたといってもまだまだ藩政への影響力は大きい。重臣方の考えと大殿さまの考えがひとつにまとまればよいのだが、なかなかそうはいかないのだ。わしも間に入って苦慮している」

平三郎がため息をついた。

異例の出世を遂げた平三郎だが、藩政を担う苦労もまた並々ならぬものがあるのだろう。宗右衛門や兼吉など町人身分の者には窺い知れない阿部家の暗い部分を垣間見たような気がした。兼吉は言葉を発することができずにじっと平三郎の顔を見ていた。宗右衛門も同様だった。

「いずれにせよこのことは、後々、当家の命運を左右するような大事につながるやもしれん」

平三郎がようやく重い口を開いて言った。

二節

兼吉と源蔵は関東と奥州の境界にある、まさに境明神の境内にいた。すぐ眼の前には奥州街道が通っている。

元禄の頃、江戸から奥州の旅に出た俳人の松尾芭蕉もここから憧れの地であった奥州に入ったのだった。芭蕉は弟子の曽良を伴って、この境明神から一里ほど東の白河関跡を訪れている。

奥州の関所で有名な白河関は、古くから歌詠みの都人の憧れの地であった。名のある公家や文人が関所にちなんだ数多くの歌を詠んでいるが、古代の関所としての役割の必要性が無くなってから千年近くも経っていた。場所もわからなくなっていたものを寛政の頃、名君として名を馳せた白河藩主松平定信がさまざまな手をつくして調べ、関所のあった場所を定めたのである。

芭蕉は関所の跡地を訪れ、いよいよここから奥州の旅を始めるのだという、ひと際深い感慨を持ったと伝えられている。芭蕉自身は句を詠まなかったが、曽良が、

　卯の花をかざしに関の晴れ着かな

と詠んでいる。関東から奥州に入る際に、身も心も新たにした決意の様子が窺える。徳川の世となっても奥州は、関東以西の人々にとってはやはり異境の地であったのだ。都から遠く容易には行くことのできない未知の奥地、まさに陸奥《みちのく》である。

その特別な土地への入り口一帯が白河藩領のこのあたりだった。

兼吉はそのような奥州の門口とも言える場所で、源蔵とふたりで那須屋の客引きを装い、奥州街道を江戸方面から下ってくる旅人のようすを窺っていた。

「お侍はあんまり通らねない」

源蔵が言う。

「そうだな。奥州諸藩の武士はすでに、おおかた国元へ引きあげているからな」

兼吉が応じる。二人がここにいた二刻（四時間）ばかりの間に町人が一人通っただけだった。

「それにしても白河はこれがらどうなっちまうんだべな。阿部さまが棚倉にうづってがらというもの、つぎつぎと領主さまがかわっちまって、心配というが不安というが、どうにも落ぢつがねない」

源蔵は仙台藩が街道の向かい側に建てた傍示杭を見ながら言った。

三月の末、仙台に新政府の命を受けた九条道孝を総督とする奥羽鎮撫総督軍が上陸した。その奥羽鎮撫総督から白河城が仙台藩に与えられると、仙台藩兵が先鋒として白河城に入ってきた。すぐさま仙台藩は、白河藩領分の境界の杭を取り払い、新しく仙台藩の傍示杭を立てたのだった。

「たしかにな」

兼吉も同じ気持ちだったが、兼吉の場合は棚倉藩から探索の役目を命じられているし、いつか阿部家の家臣に戻るという一縷の望みを捨てていないので、思いはより複雑だった。

白河城には以前の幕府の命により前の小名浜代官の森孫三郎が入って民政に当たり、仙台藩が市中の取り締まりをおこなっていた。白河の政はいかにも混乱期の奇妙な状態であった。

兼吉がそのようなことを考えていると、突然、

「おっ、あれは」

源蔵が声を上げて眼の前を通る数人の武士の一団を指さした。兼吉が見ると、武士たちはあちこちに傷を負い、足を引きずったりしてやっと歩いている様子だった。兼吉と源蔵は、すぐに神社の参道から街道に降りた。そして、

「もし、お侍さまがた、どうなされました」

と、兼吉が訊ねると、

「む、なんだ」

先頭の武士が兼吉たちをジロリと睨んだ。

「あ、ぶしつけでもうしわけございません。お怪我をされておられるごようすなので、なにかお助けできることでもあればと思いまして」

兼吉が腰を低くかがめ、へりくだった態度をつくって訊く。それでも武士は不審げな顔で

見る。

「いえ、けしてあやしい者ではございません。手前どもは白河城下の旅籠のものでございまして、今晩うちの宿に泊まってくれそうな旅のお方をご案内しておりますもので」

「なんだ。旅籠の客引きか」

と言うと、武士は街道わきの木の根本にどっか、と腰をおろした。それを見て、他の武士たちもいかにも辛そうにして腰をおろす。先頭の武士が竹筒の水を飲み、ひと息つくと口を開いた。

「宇都宮のいくさでやられた」

「宇都宮のいくさともうしますと」

さらに兼吉が訊くと、武士は不機嫌そうに顔を顰《しか》めたが、もうひと口水を飲んだ後、話し始めた。

「薩長のやつらとわしら幕府軍や新選組が宇都宮城でたたかったのだ」

(幕府軍ということは、この武士たちは旧幕臣か)

武士が続ける。

「いったんはわしらが勝ったのだが、そのあとのいくさで負けて宇都宮城はとられた。無念だ。いずれ薩長のやつらがここまで攻めてくるぞ」

武士はいまいましそうに、そして最後は脅すように言うのだった。

「えっ、薩長の兵がここまで攻めてくるのでございますか」

兼吉は驚いた顔で訊く。

「そうだ。いまのうちに逃げるしたくをしておいたほうがいいぞ」

「わかりました。さっそく店にかえって主に報告いたします。して、お武家さま方はこのあとどちらへいかれますので」

「それを訊いてどうするのだ」

武士が怪しむような眼を向けてきた。

「いえね、もし今晩は白河城下にお泊まりのご予定でしたら、手前どもの旅籠はいかがかとおもいまして」

兼吉は冷や汗をかきながら答える。根っからの町人でない兼吉にとってこのような遣り取りは不得手だった。これまでになんども熊吉から「いつまで元侍を鼻にかけてんだ」と怒鳴られてきたが、なかなか上手くできなかった。

「うむ、そうか。わしらはもう江戸へは戻れぬゆえ、これから会津へいくつもりだ。いずれ薩長のやつらは会津をせめるはずだ。わしらはそこでもうひといくさしてかたきを討つつもりだ」

武士は眉間に皺を寄せ厳しい表情で言った。それを聞いていた他の武士も固い決意を示すように、そうだと頷く。

「それでしたら、ぜひ手前どもの旅籠にお泊まりくださいませ。那須屋ともうします。宿賃はお安くさせていただきますので、どうぞよろしくおねがいいたします」

兼吉は精一杯愛想笑いを浮かべて言った。源蔵も不器用に腰をかがめて頭を下げた。

そうして、ふたりは急ぎ白河城下に向かって歩き出した。

「すぐに棚倉の関さまにこのことをお知らせするんだ」

兼吉が源蔵に命じると、

「わがった」

源蔵はすぐに馬のような速さで走り出した。


「薩長軍が宇都宮から白河に向かっています」

急いで城下に戻った兼吉は宗右衛門に報告した。

「そうか。薩長軍が宇都宮まできたとなると、三日もあれば白河まできてしまうな」

宗右衛門が不安気に言った。

「ええ。大人数で大砲やら鉄砲やらを運んでくるとなると、ふつうの旅とちがって、もうすこしかかるとおもいますが」

「白河でいくさになるのかの」

「おそらく会津藩もこのまま黙って薩長軍の進攻を見ているはずはありませんから、白河まで兵を進めてくるものとおもわれます。そうなると白河で大いくさになるおそれがあります」

兼吉も心配そうに言った。

三月に入ると、仙台に送り込まれた九条道孝を総督とする奥羽鎮撫軍は、仙台藩に対して強硬に会津征討を迫っていた。仙台藩がこれを拒否すれば、奥羽鎮撫軍との間で戦争になりかねない。かと言って命令に従えば、今度は会津藩と戦争になるのは明らかである。

今年に入ってからの白河城下の騒々しさと混乱ぶりは、かつてなかったものだった。各藩の大名やその家族が、続々と江戸から下ってくる。それにともなって、多数の武士の往来が日に日に激しくなっている。頻繁に早馬、早駕籠が雪道を走り抜ける。宿場内で武士同士の口論や武士と町人の小競り合いがしょっちゅう起こっている。今は那須屋のような宿屋も商売繁盛でいいが、いくさにでもなったら商売どころではなくなる。

「うーむ」

宗右衛門が険しい表情で腕組みをして唸った。

「江戸から下ってくる客の話では、すでに薩長軍は江戸を無血開城させ、江戸に続々と兵を送り込んでいるようです。そうして江戸を拠点にこんどは奥州へ進軍してくるつもりなのです」

「なるほど。大変なことになっているんだな」

宗右衛門が眉間に皺をよせて言った。

「奥州はいったいどうなるのかの」

「それは、会津さましだいではないでしょうか」

兼吉が答えた。いざ戦となれば、白河は軍事的にも大藩会津の影響を受けるのは間違いない。

関東と奥羽の境目に位置する白河は、古くから軍事的にも政治的にも要衝の地であった。徳川の世となってからは、奥羽の外様藩の備えとして代々譜代の大名が置かれた。参勤交代の際は、奥羽の諸大名がすべて白河を通過するのを見届けてから、白河藩主は江戸に向かうのが慣わしだった。

奥羽は、古代の蝦夷討伐、鎌倉時代の平泉征討、豊臣時代の奥州仕置き、そして今また、新政府軍が白河の地を越えて奥羽に侵攻しようとしている。都から遠い辺境の地というだけで、なぜに奥羽はこのように攻め続けられねばならないのか。

今白河は仙台にいる奥羽鎮撫総督の支配下に置かれ、その体制のもとで、仙台藩、二本松藩、棚倉藩、三春藩、平藩などが交代で白河城を守備していたのだった。ここに宇都宮からやってくる新政府の援軍が合流し、会津に攻め入るのはあきらかだった。その前に会津藩は白河城を押さえにかかるだろう。

「仙台藩など奥州の諸藩は、会津藩とたたかうつもりかの」

「仙台方面の情報では、奥羽鎮撫総督の命に一応はしたがっているようですが、ほんとうのところは会津藩とのいくさは望んでいないようです」

「うむ。そうだろうな。おなじ奥州の会津藩とはたたかいづらいし、そもそもいくさをする大義名分がない」

「おっしゃるとおりです。すでに公方さまは上野の寛永寺を出て実家の水戸で謹慎しておられますし、江戸城も薩長軍にあけわたしたのですから、もういくさは終わってしかるべきなのです」

兼吉は新政府のやりかたに憤りを感じていたので語気を強めて言った。

「まったくそのとおりだ。薩長軍の奥州進攻はあまりにも理不尽だ。幕府方が降伏したのに奥州までせめてくるということは、やはりねらいは会津藩か」

「はい。そうだとおもいます」

「そうなると会津藩も必死でうけてたつしかないな。白河でのいくさははげしいものになるな」

「おそらく」

「こまったものだ。ところで阿部さまはどうされるのだ」

「宇都宮のことは平三郎さまに源蔵をやってしらせましたので、すぐに対応するとおもいます。しかし、阿部のご家中は大殿派と若殿派のふたつの派閥があって大変なようです」

兼吉は平三郎からの情報を頭に浮かべて言った。

「いくさになったら阿部さまはどちらの側につかれるかの」

「わかりません。ご家中はどうするかでそうとう苦慮しているようです。前に元老中の小笠原さまが大殿さまをたよってきた際に、大殿さまがみなの反対を押し切って小笠原さまを極秘にかくまわれたということです。あの時もたいへんだったようでしたが、こんどはもっと事態は深刻だとおもいます」

兼吉は大きなため息をついた。

「やはり大殿さまは、薩長軍とたたかうお覚悟かの」

「おそらくそうだとおもいます」

「するとまた阿部さまのご家中はもめるな。ひとつにまとまって白河をまもってくれればよいのだが」

宗右衛門も深刻な表情で言った。

三節

慶応四年は四月が二度あった。通常の四月と暦の調整のためにもうけられた翌月の閏四月である。

宇都宮を落とした新政府軍は、すぐには白河に進攻して来なかったが、この閏四月八日、奥羽鎮撫総督の下参謀世良修蔵が仙台から白河に乗り込んできた。

仙台における世良の傍若無人な振る舞や傲慢な言動の噂は、白河まで聞こえていた。その世良は白河に来るや否や、いきなり古くからの町年寄制度を廃止した上に、町役人一同に対して苗字帯刀と扶持の返上を通達してきた。これは、それまで城下の有力町人に与えられていた特権をいきなり取り上げるものだった。

驚いた町役人一同と城下の有力町人が、本陣で町名主もつとめる後藤助左衛門の奥州屋に集まった。兼吉は宗右衛門とともに奥州屋に行き、主の供として大広間の廊下に控えていた。

寄り合いが始まると、白河城下一の商人で町名主をつとめる常盤屋の彦右衛門が口火を切った。

「こたびの新政府のお達しにより、わたくしたち町役人一同はまさに死活問題の事態となりました。ご存じのようにいままで代々のお殿様からいただいておりましたすべてのご恩を返上せよ、というきわめて理不尽な命令でございます。わたくしたちがいただいておりましたご恩は、一方的に藩から暴利をむさぼるものではございません。苗字帯刀という、並の町人には与えられない大きな名誉はいただきましたが、わずかばかりの扶持とひきかえに、何十倍、何百倍という献金やら献米やらの莫大な貢献を藩にしてまいりました。そのことはここにおられる皆様方がなによりご存じのこととおもいます」

一同がそのとおり、と頷く。

「それが、いきなり苗字帯刀と御扶持を返上せよとは、あまりに乱暴すぎます。これまでのわたくしたちの忠義はまったく無にされてしまいました。このままだまってしたがうべきものでしょうか。みなさま方のお考えを伺いたいとおもいます」

彦右衛門が一同を見渡す。

「わたしもまったく納得がいきません。阿部さまが棚倉へ転封となってからというもの、白河のご支配はたびたび替わりましたが、そのつどわたしたちはお上に少なからぬ御用金を納めてまいりました。それもわたしたちへの待遇が変わらなかったからです。こたびの新政府のお達しにはとうてい承伏できかねます」

坂田屋の主の治兵衛も強く不満の意見を述べた。

「わたしも同じ考えです」

「そうだ！　そのとおりだ！」

すぐに数人が賛同の声を上げると、いっせいに出席者全員が騒ぎ始めて場は騒然となった。

兼吉も白河藩士時代に、藩の方からたびたび城下の有力な町人に御用金と称して多額の献金を命じていたことは知っていた。もともと白河藩の歴代藩主は財政窮乏に苦しんできた。白河城下は奥州街道沿いの宿場町ではあったが、藩領のほとんどが寒冷な土地で特別な産物もない上に飛び領が多く、とにかく実収入が少なかった。十万石とは名ばかりであったので、藩は財政の窮乏を補うべく、城下の商人に御用金を命じてきたのである。御用金によって領内の商人は蓄えた富を吸い上げられ、豪商と呼ばれるような富裕な商人は白河城下にはいなかった。

それでも藩から与えられるわずかの扶持と苗字帯刀という誇りがあったので我慢をしてきたが、今度はそれすら取り上げられてしまったのである。商人たちが反発するのはもっともであった。

しばらく騒然としていたが、皆の興奮が一段落した頃に口を開いた者があった。

「わたしも皆さんと同じ気持ちです。これまでのことを思うと悔しくてなりません。ですが、新政府の意向にもの申すことがはたしてできるものでしょうか。聞けば、白河にきた世良参謀というお方はとくべつ乱暴とか。なにをされるかわかりません」

近江屋の市兵衛だった。

「そうです。それが問題なのです。近江屋さんのおっしゃるとおり、世良参謀は仙台においてそうとうひどいことをしているようです。うわさでは、奥州一の伊達家のお殿さまにまで無礼をはたらいたり、ご家来衆に無理難題をふっかけたりするだけでなく、参謀の部下たちが城下の町人に乱暴したり金品を奪ったりしていると聞きます。ここで、参謀の命令にさからったりしたら何をされるかわかりませんぞ」

最後に町名主の助左衛門が、皆がもっとも危惧していることをなかば脅すように言ったので一同は押し黙るしかなかった。結局この日の寄り合いでは、世良参謀の命令に従うしかないという結論になったのである。

新政府と幕府方との戦端が開かれ、この白河の地が戦に巻き込まれることが必至となった状況の中で、白河に領主不在というのはあまりにも心許ない。他の藩が上から命じられて白河を守備するということでは心配である。なんとしても阿部家中には白河に戻って来てもらいたい。そうでなければ白河も安心できない。

阿部家の身の処し方いかんで、白河城下の運命も決まってくる。阿部家には判断を誤らないでもらいたい。そのためには、奥羽鎮撫総督や奥羽諸藩の動き、その他世情に関する重要な情報をできるだけ集めて平三郎に報告する必要があった。兼吉の情報によって、阿部家が時勢を見誤らないで動くことができるかどうか。白河城下が救われるかどうかはそこにかかってくる。

宗右衛門と兼吉は坂田屋の主の部屋にいた。

「女将《おかみ》さん、なんとか協力願えないだろうか」

宗右衛門が、治兵衛と女将の松に切り出した。

世良修蔵が坂田屋の志づに入れ揚げて、もう三日も通い続けているという。このことを有力町人の集まりの後、治兵衛から聞き付けた宗右衛門と兼吉は、志づに世良の動きを探ってもらおうと考え、坂田屋を訪れたのだった。

宗右衛門は治兵衛とは隣同士で懇意にしており、那須屋で泊まり切れなくなった客を坂田屋に回してやることもあった。そんなこともあり、宗右衛門がわけを話すと治兵衛が協力してくれることになったのである。ただ、坂田屋の女の奉公人のことについては女将の松が仕切っているので、松の許しも得なければならなかった。

「宗右衛門さんのたっての頼みとあれば協力は惜しみませんけれど、くれぐれも志づの身に危ないことのないようにお願いしますよ」

松は顔に笑みを浮かべながらも一言釘を刺すのだった。松は白河城下の遊郭の置屋の出だった。白河の置屋の遊女に対する躾けの厳しいことは有名で、言葉遣いから礼儀作法まで細かく躾けるのだった。そのため、白河の遊女は江戸に出ても通用すると言われるほどだった。志づも松によく仕込まれていた。

「承知しました」

宗右衛門と兼吉は約束したのだった。

問題は兼吉が志づをどう説得するかであった。志づとは顔馴染みではあったが、引き受けてもらえるかどうか不安だった。

兼吉はすぐに志づの部屋にきた。

「お志づさん、世良たちの話したことを、なんでもいいから俺に教えてほしいんだ」

兼吉はこう切り出すと、鼻紙に包んだ金子を志づの前に差し出した。志づは驚いた顔で、金子には眼もくれず兼吉の顔をじっと見つめた。

「兼吉さんのたのみなんで聞いてあげたいけど、あたしにそんなむずかしいことはできないわ」

志づは弱々しく答えた。

「なにもむずかしいことはない。ほかの客とおんなじように、ふつうに世良の相手をしてればいいんだ。その中で、世良がふと漏らしたことや世良のまわりにいる者の話すことをおぼえていて、俺につたえてくれないか」

兼吉はこう言いながら、自分が平三郎から探索方を頼まれた時のことを思い出していた。兼吉は危険な探索の役目を再仕官を条件に命じられて躊躇した。それなのに、今度は自分が金子をちらつかせて、同じことを立場の弱い者にやらせようとしている。矛盾した自分の行いに、後ろめたさと同時に胸の奥底で痛みを感じた。だが、新政府方の重要な情報を世良から得るには、どうしても志づにやってもらうしかなかったのだ。

「もしあたしになにかあったら、仕送りをまってる家族がこまるのよ。お父《とう》は体がよわく病気がちで、お母《かあ》ひとりで野良仕事をしてるわ。妹は十一で、弟はまだ八つなのよ。あたしが稼いだお金を送らないとくらせないの。とても、そんなあぶないことはできないわ」

「心配しなくていい。なにかあった時にはこちらの主が助けてくれる手はずになっている。手当も色をつける。なんとかやってくれないか」

兼吉は、懐からもうひとつ紙包み取り出して前の包みに並べた。紙包みひとつに五両がくるまれている。中を見なくても危険な仕事の相場ぐらいは、六年の遊女暮らしで身に付けただろう。十両もあれば、父親の薬代をはらっても、なんとか家族四人が暮らしていけるはずだ。

志づは、兼吉の顔と金子の間を何度か視線を往復させた後、ようやく、

「わかったわ」

と小さい声で頷いた。できれば兼吉も、探索なんていう危ない仕事をか弱い女にやらせたくはなかったが、他に方法がなかったのだ。

その後、志づから何度か連絡があった。

世良はすこぶる忙しそうで、いつも機嫌が悪いということだった。おそらく、いつまでたっても仙台藩が会津征討に本腰を入れないからだろう。世良が白河城に駐屯している奥羽諸藩の兵に対して、会津に攻め入るよう矢のような催促をしていたが、奥羽諸藩はのらりくらりと会津征討を引き延ばしている。世良は焦れていた。

白河にきてからも、早朝に馬をとばして福島に置かれた仙台藩の軍務局に行き、深夜、白

河に戻る日もあるという。出かけない日は、昼から坂田屋に部下を引き連れて繰り込み酒宴を開く。世良は呑めば呑むほど荒れ狂うようだった。

「あー、あーっ」

志づは耳元の唸り声で目が覚めた。真っ暗闇で物音一つしない。まだ真夜中だった。志づはふたたび目を瞑った。すると、

「うー、うー」

となりで寝ていた世良が、また苦しそうな声を出す。ひどく魘《うな》されているようだ。だが、深酒と寝る前に世良から執拗に責められた体は何かに押さえつけられているように重く、起き上がれない。

世良は白河に乗り込んできたその日から毎晩坂田屋に来ていた。夕べも世良は数人の部下とともに坂田屋に繰り込んで来て酒を呑んだ。ここ数日と同じように志づと何人かの飯盛り女が呼ばれた。最初は志づたちの酌を受け猪口で呑んでいたが、そのうち世良はもどかしくなると自分で銚子を手にして、ぐびぐびと喉をならして呑み始めるのだった。暑い日に喉の渇きを癒やすように、それこそ水を呑むようだった。他の部下にも、

「どんどんやれー」

と大声で煽る。そのうち、やおら立ち上がったかと思うと見たこともないような所作で踊り出す。部下たちが手拍子で調子をつけて囃すと、ますます盛り上がってそれこそ暴れ狂うように激しく動く。

「ほれ、おまえらも踊れ！」

世良が怒鳴ると部下も志づたちも踊らされる。もう、踊りというよりは酔っ払いの縺《もつ》れ合いと言った方がいいようなものだった。そのうち部下たちがぶつかり合って、

「こらー、何をするー」

と摑み合いから殴り合いになる。中には刀を抜き出す者も出て来る。

「きゃー」

女たちが騒いで廊下に逃げる。世良は騒ぎ疲れたようで、どっかと腰を下ろしておもしろそうに眺めて、

「すわって呑めー」

と気勢を上げる。すると、部下たちが暴れるのをやめて席に戻ってふたたび呑み始めるのだった。志づたちもようやく部屋に入る。

世良は立て続けに銚子を何本か空けると、

「女、こっちに来い！」

と言って志づをとなりの部屋に引き摺り込んだのだった。

志づが虚ろな意識で夕べの騒ぎを頭に浮かべていると、

「わーっ」

と、世良が突然大声で叫んで掻い巻きを蹴飛ばした。

「だいじょうぶですか」

志づが心配そうに声をかけると、世良は、

「ここはどこだ」

むっくり起き上がって訊く。

「坂田屋です」

志づが答えると、

「ふーっ。そうか、夢か」

世良は悪い夢から覚めたように呟いた。闇の中でも世良が太く酒臭い息を吐くのがわかった。世良は安心したように志づの方に顔を向けたと思ったとたん、志づに被さってきた。

「ちょっと……」

と志づが驚いてもがこうとするが、世良は石のように重かった。世良はすぐに荒々しい息づかいで獣のように志づの体にむしゃぶりついてきた。

四節

「もう、あの人の相手はできないわ」

治兵衛から、志づが至急会いたいという知らせがあったので、兼吉は坂田屋の志づの部屋に来たのだった。志づが使っている部屋は坂田屋の建物の一階の西の端にあり、生け垣を越えるとすぐ那須屋の裏庭に通じていた。兼吉は裏庭を通って坂田屋の裏口から入ったのだった。

志づはもともと細面で痩せていたが、前に会った時よりも顔色の良くない表情に、あきらかな窶れが見えた。眼の下に隈をこしらえ、怯えた表情を浮かべている。

「いったい、どうしたというんだ」

「もう、おそろしくてとても生きた心地がしないの。あの人は、毎夜、毎夜大ぜいで酒をのんでは、大さわぎをしてあばれるのよ。酔い狂うと、刀をぬいてふりまわしたり、人をなぐったりとたいへんなの。あたしも、このとおりよ」

と言って志づは、着物の襟元を広げて見せた。肉の薄い左の肩に青い痣があった。世良に打たれた痕だろう。あらわになった白い首にも赤い痣がいくつか見えたが、兼吉はそれには気付かないふりをした。

「ひとあばれした後は、急に死んだようになってねむるの。こっちも安心してねていると、夜中にとつぜん起きだして、それから朝まで……」

志づはこう言って俯いた。

会津攻めが思い通りにならない世良の焦りが、志づを通してひしひしと伝わってくる。乱暴な振る舞いの陰には、敵地のまっただ中にいる世良の孤独や恐怖が垣間見えてくる。世良の脳裏から、それらを一時忘れさせてくれるのは酒と女の肌だけなのだろう。

「なんとかがまんしてくれないか。世良がいつ、会津にいくさをしかけるかだけでも知りたいんだ」

世良が遊女に大事なことを漏らすはずはないと思うが、世良の話すとりとめのないことやちょっとした態度の変化など、どんな些細なことでもいいから情報が欲しかった。

棚倉藩の帰趨の参考にできるようなことがわかれば有り難いが、そこまでではなくともいい。いつ戦になるかだけでも予想できれば、戦の備えをすることができる。

「いくさになれば町は焼かれ、武士だけでなく大勢の町人もいくさにまきこまれて死ぬことになるんだ。この坂田屋もどうなるかわからないんだぞ。もし、そうなったら、おまえもこまるだろう」

兼吉はつい脅すような口調になった。兼吉は良心の呵責に苛まれながらも、再仕官のためにはなりふりかまっていられなかった。

「そんなこと、あたしに言われても……」

志づはますます細い声で消え入るように言う。

結局兼吉は、志づにむりやり金子を握らせて世良の相手を続けることを承諾させた。

兼吉は志づと会った翌日、棚倉城の平三郎のもとに行った。

棚倉城は南北一里足らずほどの河岸段丘の真ん中にある平城だった。規模が小さく、世辞にも堅固とはいえない。大軍に攻められればひとたまりもないであろう。

「その後白河の方はどうだ」

棚倉城内の薄暗い部屋に通された兼吉は、平三郎から訊かれた。

「参謀の世良が、白河を守備している仙台藩や二本松藩に、さかんに会津に攻め入るようにとけしかけているようです」

「仙台藩と二本松藩はどんなようすだ」

「奥羽総督の命令なので面と向かっては異議をとなえてはいないようですが、内心では会津藩と戦う気はないのではないかといううわさです」

「うむ、そうであろうな。もともと会津藩が朝敵として薩長軍に討伐されるいわれはないし、その会津藩をおなじ奥州の諸藩が攻めることも理不尽きわまりない」

平三郎は吐き捨てるように言った。

会津藩は京都守護職として京の治安を守り、四年前の禁門の変では、薩摩藩とともに御所を守衛し、御所を攻撃してきた長州藩を撃退した。会津藩はれっきとした朝廷の御親兵であったのだ。

それがいつの間にか、味方だったはずの薩摩藩が長州藩と手を結んだかと思えば、逆に朝敵だった長州藩に会津藩は朝敵にされてしまった。薩長の謀略に負けたとはいえ、会津藩にとってはとうてい受け容れがたい情況だった。奥羽諸藩もおなじ気持ちであろう。

「仙台の方からきた客の話では、なにやら奥州の諸藩が白石にあつまっているということですが、白石でなにがあるのですか」

「それだ。そのことでわしは今頭を痛めておる」

平三郎は前にも増して難しい表情をした。

「と、もうしますと」

「先日、仙台藩と米沢藩の家老の連名の招請状がわが藩に届いた。それによれば、会津藩の処遇と今後の奥州諸藩の方針を話し合うので集まってもらいたい、とあった。突然のことで皆おどろいたが、とりあえず御家老の平田様と用人の梅村様が白石に向かったのだ」

「そんなことがあったのですか。そこでどんなことが話し合われたのですか」

「まず、会津藩から出されていた嘆願書を認め、奥羽鎮撫総督に会津藩の寛典処分を周旋する、というものだった。これには奥州諸藩の皆が賛成した」

「そうでございましょうな。会津藩に落ち度はないわけですから、奥州の諸藩が賛成するのは当然でしょう」

「ところがだ。仙台藩主伊達慶邦《よしくに》公と米沢藩主上杉斉憲《なりのり》公が九条総督に嘆願書を提出したところ、総督自身は反対の意を示さなかったらしいが、参謀らが強く反対したという」

「参謀らと言いますと」

「いま、白河に来ている下参謀の世良修蔵だ」

「なんと、あの世良ですか」

兼吉は唇を噛んで怒りを抑えた。奥羽諸藩が穏やかに戦を避けようとする懸命の努力を一蹴するとは許し難い。

「薩長のやつらの狙いはやはり会津だったのだ。京都での報復をするために奥州まで攻めてきたのだ。なんとしても会津を血祭りにあげねば気がすまないようだ。だから世良のような乱暴者を下参謀などに据えて、奥州の諸藩に無理強いしていくさに持ち込もうとやっきになっているのだ」

平三郎も興奮した面持ちで言う。

「なんとかいくさを避ける手立てはないのですか」

兼吉が訊く。

「うーむ」

平三郎は深いため息をつくと、眼を瞑って黙りこんだ。

「兼吉」

長い沈黙の後、平三郎が口を開いた。

「危険な賭だがひとつだけ方法がある」

平三郎が身を屈め、押し殺した声で言う。

「どんな方法ですか」

兼吉は身を乗り出す。

「世良さえいなくなれば奥州の形勢は変わるはずだ。世良を亡き者にするしかない」

「えっ、世良を殺すのですか」

兼吉は思わず大きな声で言った。とたんに他の者に聞かれはしなかったかと口を押さえた。

「兼吉、やってくれんか。世良が消えれば白河の状況も今よりはよくなるはずだ。もしかしたらいくさも避けられるかもしれん」

「とてもそんな危ないことは、わたしにはできません。だいいち、世良が殺されたとなったら、奥羽鎮撫総督が黙っているはずがありません。そうなれば情況はもっと悪化してしまいます」

「いや、妙案がある」

「妙案ですと？」

「ああ。おおやけに世良を殺めたのでは、これは大事になってしまうが、世良が病気でとつぜん死んだようにすればよいではないか」

「どうやったらそんな都合のよいことになるのですか」

兼吉は納得できなかった。

「附子《ぶし》だ。附子を少しずつ世良にのませて、とつぜん心の臓の病で死んだように見せればよい」

平三郎の眼は怪しい光を帯びている。兼吉はその迫力に気圧《けお》されてことばが出なかった。

附子は白河領内でとれる薬草で、江戸方面にも売られている。少量ずつ使用すれば体に良いと言われているが、飲み方を間違えればあっという間に命を落とす。まさに使い用によっては毒にも薬にもなるという、恐ろしい劇薬である。

「しかし、どうやって世良に附子を飲ませるのですか」

ようやく兼吉はことばを発した。緊張で声がかすれている。

「ほれ、世良のお気に入りの飯盛り女がいるというではないか」

「えっ、志づのことですか」

兼吉は狼狽した。まさか平三郎の口から志づの名が出てくるとは思わなかった。平三郎は白河の様子を調べていたのだ。

「女は志づという名だったか。その志づにやらせればよいではないか。世良も女にだったら気を許して隙を見せることもある」

「しかし、そうかんたんには。あまりにも危険です。もしまんいち世良に気づかれでもしたら、志づの命はありません」

情報を取らせるだけでも志づに危ない思いをさせているというのに、その上毒殺などとてもやらせるわけにはいかない。志づもとうてい承知するはずがない。

「これはなんとしてもやってもらわねばならん。わが藩ばかりか奥州全体の命運がかかっているのだ」

「しかし、……」

兼吉が反論しようとすると、

「女に言い含めて必ずやらせろ。いいな、兼吉」

平三郎が有無を言わせぬ口調で命じるのだった。

五節

兼吉は無理やり平三郎に世良の暗殺を命じられて途方にくれていた。白河に戻ってきても数日は世良のことで頭がいっぱいになり、仕事が手に付かなかった。兼吉は簡単に暗殺などできる人間ではなかった。生真面目だが気の小さい、弱い性格だった。

兼吉が店先で、掃除の途中箒を手にしたままぼうっと突っ立っていると、

「兼吉！　おめぇー、さっきがらなにぼうっとしてやがんだ。もっと身を入れで仕事しろ！」

熊吉から怒鳴られた。

「はい。すみません」

兼吉はわれに返って箒を動かした。

「いいかげんにしろよ」

熊吉が凄むと、そばにいた奉公人たちも白い眼を向けてきた。兼吉はただひたすらぺこぺこと頭を下げるしかなかった。

その後、兼吉は思いあまって宗右衛門に相談した。

「なんとも大変なことを仰せつかってきたな」

宗右衛門はため息をつきながら言った。

「もう、どうしてよいかわからず、棚倉から戻って以来毎日ねむれない日が続いています。志づさんには今でさえ危ないことをしてもらっているのに、この上毒殺など、とても頼むことはできません」

兼吉は窶《やつ》れた顔で苦しい胸の内を伝えた。

「うーむ。たしかにむずかしいことだな。もし失敗すれば志づの命はないな。しかし、関さ

まのご命令となればやらないわけにもいくまい。他になにかよい手立てでもあればよいのだが」

　宗右衛門は腕組みをして唸る。

　兼吉も宗右衛門に相談はしてみたものの良い方策があるわけもなかったのだ。

「世良が白河から出ていってくれればよいのですが」

　兼吉はつい、はかない望みを口にした。しかし、

「そんなうまいことにはなるまい。奥州諸藩が会津とのいくさをさけて奥州の安泰をまもるために、世良が大きな障害になっているとすれば、やはり世良をなんとかして除くしか方法がないようだな」

「それはそうですが……」

　兼吉もわかってはいるがどうしても決心がつかない。あまりにも危険すぎる。おそらく、志づも引き受けてくれないだろう。

「兼吉、時間がない。志づにやってもらうしかないだろう」

　兼吉は、宗右衛門に相談したつもりが、かえって強く世良の暗殺を促されることになってしまった。

「その後どうだ、世良のようすは」

　兼吉は坂田屋の志づの部屋にいた。

　いくら気が進まず、しかも志づを危険な目にあわせるとはわかっていても、結局、兼吉は

志づに頼るしかなかったのだ。

「ますますひどくなってるわ」

志づは伏し目がちに答える。

「そうか」

兼吉は沈んだ声で言った。

志づはこころなしか、先日会った時よりも、また痩せて顔色が良くないように見えた。顔の中で眼ばかりが大きく見える。

「いま、奥州はたいへんなことになってるんだ。奥羽諸藩と会津藩がいくさになりそうなのだ」

兼吉は今の政情を必死に説明した。

志づは身を固くして俯いたままだった。本来、奥羽の情況など志づにはかかわりのないことなのだ。そんなことに関心もなければ理解もできないのは当然だった。

「じつは、今日はお志づさんにだいじな頼みがあってきたんだ」

「だいじな頼み？」

志づが怪訝な顔をした。兼吉はすぐに答えられずにしばらく俯いていたが、

「世良をなんとかしてもらいたい」

と思い切って言った。すると、志づは弾かれたように顔を上げた。

「世良さまをなんとかするって？」

「毒を盛ってもらいたいんだ」

「えっ、毒を盛る！」

志づはこれ以上ないという程大きく眼を見開いた。

「そうだ。世良を殺すんだ」

兼吉が大きく頷いた。とたんに志づは、

「いやっ、いやっ、そんなおそろしいことできないわ」

体を後ずさりさせながら、激しく取り乱す。

「大きな声を出すな！」

兼吉は慌てて志づを抑えようとした。志づは恐怖で顔を引きつらせ、部屋の隅に逃げて蹲ってしまった。

「いきなりこんな話で、おどろかせてすまん」

兼吉は志づを落ち着かせようと、つとめて優しくゆっくりと話した。

「できない。ぜったいにできないわ」

志づは雷か何かから身を守るように小さくなって頭を抱える。

「お志づさんが、おどろくのもおそれるのもよくわかる。俺も上から命令された時にはおそろしくなった。どうしてよいかわからなくて、毎晩ねむれなくて気が狂いそうになるほど苦しんできた」

兼吉が懸命に話しても、志づは固まったまま微動だにしない。

「だが、このままでは奥州はすくわれないんだ。世良のせいで、この白河の城下も危ないのだ。頼む、お志づさん、このとおりだ」

兼吉はなりふりかまわず、両手をついて志づに懇願するように頭を下げた。

志づは黙ったままだった。

「兼吉さん」

弱々しい声がした。兼吉が顔を上げると、志づが青白い顔してこちらを見ている。

「あたしは、学もないし一日中ずっとこの部屋にいるだけなんで世の中のことはなにもわからないわ。だから、兼吉さんの言うことがただしいんでしょう。でも……」

志づが訥々と話し始めたが、途中で止まってしまった。

「でも、なんだ？　遠慮せずにいってくれ」

兼吉が促す。志づは少し躊躇した様子を見せたが、勇気を振り絞るようにして言った。

「みんなに憎まれている世良さまにも、それなりの苦しみがあるのよ」

「あの世良に苦しみ？」

「ええ。世良さまは毎晩みんなと大騒ぎした後、死んだようになってねむるけど、じつは、夜中になにかにおびえるようにひどくうなされているの。けさ方もあんまりひどくうなされでいるんで、体をゆすって起こしたわ。すると、世良さまは苦しい胸のうちをはき出すように話しはじめたのよ」

「世良はどんな話をしたんだ」

志づは、取り乱した際にはだけた襟元を掻き合わせながら顔を上げて話し始めた。

「世良さまは、貧しい漁村の庄屋の家に生まれたそうよ。大きくなってから藩の下級武士の家に養子にだされたんだって」

兼吉は意外に思ったが黙って聞いた。

「ところが、武士になれたのはよかったそうだけど、元百姓の出だということで仲間からはずいぶんといやがらせをされたというのよ。それがあんまりひどいので、いっそのこと養子先の家を出て、実家にもどろうかと思ったというの」

兼吉は志づの話を聞きながら、自分の身の上に思いを馳せた。兼吉は武士から町人の身分に落ちた。一方、世良は百姓から武士の身分に這い上がった。それでも新しい居場所では新入りとして嫌がらせを受けるのは同じだったのだ。

「世良さまは、武士の仲間の中で自分の居場所をみつけようといっしょうけんめい学問にはげんだそうよ。藩の学校やいろんな先生の塾にかよって必死にがんばった。それでもまわりにはなかなかみとめてもらえず、つらい思いをしたと言ってたわ」

志づは世良の気持ちに同情しているようだった。

「そうした時に、藩のなかに奇兵隊というものができたそうよ。それは、武士だけでなく、百姓や町人が多くはいっていて、身分のかんけいない兵隊だそうよ。世良さまはよろこんでその兵隊にはいり、ようやく自分のほんとの活躍の場所をみつけたと、その時だけはうれしそうな顔をしてたわ」

奇兵隊のことは兼吉も知っていた。高杉晋作という長州藩士がつくったらしい。志づが遠くを見るような眼で続けた。

「奇兵隊に入ってたくさんのいくさをたたかいぬき、やっとここまできた。じぶんの居場所を失うわけにはいかない、だから他人がどうおもおうと、上から命じられた使命をなんとしてもはたさなければならないんだと、さいごは鬼のような顔になってはなしてたわ」

兼吉は志づが訥々と話すのを聞いて、傍若無人で非道と思われている世良にも、世良なりの苦悩があるのだと知った。

「世良のことはわかった。誰でもひとに言えない苦しい思いはあるだろう。しかし、だからと言って今の世良のやっていることを認めるわけにはいかないんだ」

兼吉は自分の迷う気持ちを奮い立たせるようにして、強く志づに迫った。

「これを世良に飲ましてくれ」

兼吉は懐から白い薬包を取り出した。

「これは附子という毒薬で、耳かき一杯で人は死ぬ。これを世良の酒か何かの食べ物に入れるんだ。そしたらすぐに、何か理由をつけて部屋を出ろ。その後のことは俺がなんとかする」

兼吉が言い含めるように話した。志づはひきつった顔でかぶりを振るが、兼吉は志づのかたわらに寄って、

「いいか、お志づさん。これは白河ばかりか奥州の命運がかかっているんだ。かならずやってくれ」

と、平三郎から預かった二拾両の金子と附子の薬包を無理やり志づの手に握らせた。志づは、怯えた顔で兼吉の顔をじっと見つめていた。

六節

兼吉は平三郎から城に呼び出された。

兼吉は番頭の左兵衛の許しを得て城に向かった。左兵衛は主の宗右衛門から兼吉が探索の任務を命じられていることは聞いていたので、探索の仕事で店を空けることは理解してくれていた。しかし、このことは他の奉公人には知らされていなかったので、熊吉などは、兼吉には何か特別な役目があるのだとは思いながらも、兼吉が店を空けるたびに、あからさまに顔を顰めたり嫌がらせをした。

この日も、兼吉が店を出ようとすると熊吉が、

「店がこんなに忙しいどいうのにいったいどごへ行ぐんだ。このごろはとなりの飯盛り女のところにかよっているどいううわさも聞ぐぞ」

鋭い目をして言った。

「いえ、そんなことは……。旦那様の用事でちょっとお城まで行って来ます」

兼吉が腰を屈めて答える。

「お城になんの用で行ぐんだ」

「すみません。それは……」

「俺らには言えねどいうのが。ふん、えらそうに」

熊吉が兼吉にからんでいると、

「熊吉」

と、左兵衛が言い、眼で熊吉を制した。熊吉は兼吉の方に向けていた視線を左兵衛の方にちらと向けると、悔しそうな表情をした後兼吉のそばからはなれた。ようやく兼吉は解放されたのだった。

探索の任務は、那須屋のため、ひいては白河城下のみんなのためになるものだと思いながらも、自分の再仕官がかかっているので、兼吉は後ろめたい気持ちを抱かざるを得なかった。

城の周りは以前にも増して騒然としていた。

仙台の奥羽鎮撫総督の命を受けた各藩の兵が続々と白河城下に入ってきていた。白河城を守備するのは、仙台藩兵、二本松藩兵、三春藩兵、平藩兵、湯長谷《ゆながや》藩兵、であった。各藩兵は、とても旅籠だけでは収まりきれず城下の寺などにも分宿していた。

藩ごとにさまざまな軍装を身に付けた武士たちが慌ただしく大手門の前の通りを往来している。兼吉は城内に入ると強い緊張感に襲われた。兼吉が門番に来意を告げると、城内の本丸の小部屋に通された。部屋にはすでに平三郎が待っていた。

「このままだといくさになるぞ。世良の方はいったいどうなっているんだ」

兼吉が部屋に入るや否や、いきなり平三郎から問い詰められた。

平三郎の表情には強い焦りの色が見える。

「女には頼んでおきましたが、その後なにも……」

兼吉は苦渋の顔で答える。

志づからはあれ以来何の連絡もなかったし、坂田屋で何か変わったことがあったとも聞いていない。

「奥羽鎮撫総督は会津藩と庄内藩の征討を奥羽諸藩に命じてきた。わが藩には、庄内藩の征討軍の援兵として二百名を要請された。さっそく須賀川まで藩兵をおくったところだ」

「やはりいくさになるのですか」

「奥羽諸藩は当然いくさを望んでいないが、鎮撫総督はなんとしてもいくさに持ち込みたいのだ」

「もう、江戸は薩長軍に明け渡され、いくさは終わったはずでは」

「それが、そうかんたんではないのだ。薩長政府はなんとしても会津藩と庄内藩をつぶしたいのだ。長州は禁門の変で会津藩をはじめとする幕府側に手痛い目にあわされ、多数の犠牲者を出している。そのほかにも、京都守護職をおおせつかった会津藩に、苛烈な取り締まりをうけて命を落とした者も多い。一方の薩摩は、去年の暮れに江戸藩邸を庄内藩に焼かれている。どちらも恨みを抱えている」

「それでは、それぞれの藩の私怨を奥州で晴らそうというわけですか」

兼吉はつい強い口調で言った。

「まあ、それもあるだろうが、新政府とはいっても薩長を中心とした西の諸藩の寄り合い所帯ができたばかりだ。内部にはさまざまな意見の対立や主導権争いもあるはずだ。そういった内部の問題をおさえ、新政府に反抗する勢力を徹底的に叩いてみせしめにするためだろう。そうしておけば、これからのまつりごとがやりやすくなる」

さすが平三郎は、今の政治の状況を深く読んでいた。

「なんという、会津や庄内やそのほかの奥州の諸藩はそのために犠牲になるというわけですか」

兼吉は、激昂するあまり拳で強く膝を叩いた。

「まつりごとというものはそのようなものなのだ」

平三郎は冷たく、突き放すように言った。これまで平三郎は藩政の中枢を担って、政の非情さを目の当たりにしてきたのだろう。

「それで良いのですか」

兼吉は平三郎に訊き返す。

「良いわけはない。だが、今の情況ではどうにもならんのだ。われらは、なんとしても藩を守りお家を存続させねばならん。そのためにも世良を亡き者にするしかないのだ。もう一刻の猶予もない。すぐにでも決行するよう、女に催促しろ！」

平三郎も声を昂ぶらせて兼吉に迫った。

兼吉は、平三郎と会った後、背中に重い石をのせられたような気持ちになった。志づに世良の暗殺を頼む時も相当悩んだのだった。その後もずっと期待しながらも、もし志づの身に何かあったらと気が気ではなかった。事が成就することを願いながらも、一方では何事もなかったことで安堵してもいたのだった。

しかし、もう悠長なことを言っていられる時ではなくなってしまった。すぐにも志づに決行を迫らなければならない。しかし、兼吉にはその決心が定まらなかった。

兼吉は茫然としながら大手門から城外に出ようとした。すると、向こうから馬に乗った三人の兵士がやって来るのが見えた。真ん中の馬に乗っている兵士がもっとも身分の高いことが身なりで分かった。しかし、それはかりでなく、その兵士はあきらかに異彩をはなっている。はっと、我に返った兼吉は、

（世良だ）

と直感し、素早く道の脇によけて蹲った。兼吉が頭を下げてじっとしていると、馬の蹄の乾いた音が、ひとつひとつ近づいてくる。

（何も気づかれることはないはずだ）

と兼吉は思い、気持ちを落ち着かせようとした。すると、一定の調子で聞こえていた蹄の音が、眼の前でぴたりと止んだ。兼吉の心の臓が高鳴り、今にも耳から飛び出そうだった。兼吉は息を止めて眼を瞑ると、異様な静寂と緊張感に襲われた。

が、一瞬の後、ふたたび蹄の音が動き始め、まもなく兵士たちは城の奥の方に進んで行った。

「ふっー」

兼吉はやっと頭を上げて、よろよろと立ち上がった。体中から油汗が噴き出しているのがわかった。背中がじっとり濡れている。強い風に吹かれると、急に寒気に襲われた。

ほんの一瞬しか眼に入らなかったが、眼の裏には西洋の黒い軍服に身を包んだ世良の顔が鮮明に刻まれていた。冷たく細い眼が強烈だった。

(おそろしい気を発する男だ)

奥羽諸藩の兵の軍装はほとんどが従来の和装であった。西洋の軍装で騎乗して歩いているのは新政府軍の参謀ぐらいしかいない。城下の見回りから帰ってきたところでもあろう。他の二人は部下か。世良の酷薄な顔を見てしまったら、ますます兼吉は志づのところには行けなくなってしまった。

兼吉はどこへ行くというあてもなく歩き出した。思いが定まらないまま、城下の真ん中を走る奥州街道を東に向かった。那須屋の前を通り過ぎ四辻も越して、城下の東はずれに向かう道を進んでいた。

白河城下の町並は大部分が西から東に続いている。そのため冬場に火事を出すと、西からの強風に煽られ家々は次々と猛火になめ尽くされ、あっという間に大火となってしまうのだった。

徳川の世となり城下町が形成されてから何度も大火に見舞われている。せっかく建て替えられた家が数年もたたない間に焼けた。ひどい時は二年続けて大火となったことさえあった。

貧しい白河の町人たちは、たびたび見舞われる大火でも財を失ってきたのだった。

二〇〇年ほど前の白河藩主であった本多忠義は、過酷な検地を行い徹底した打ち出しをした。農民の田畑を隅から隅まで洗い出して年貢をかけたのだった。この時から白河藩の領民は重い年貢を強いられて今日まできたのであった。いったん引き上げられた年貢は歴代の藩主に減らされることなく受け継がれ、白河の領民は疲弊させられてきた。

城下には豪商と呼ばれる商人も豪農と呼ばれる百姓もいなかった。かといって歴代藩主が裕福だったわけでもなく、白河藩は上から下まで貧しかったのである。

城下の家並みは質素な造りのものが多く、田畑で野良仕事をしている百姓も元気がないように見えた。このところ、天気は雨続きで綿入れが必要なほど寒かった。いくら梅雨の季節と言っても今年は異常だった。このままでは稲の花も咲かず、秋には凶作になることが心配だ。そうなると、また百姓が難儀する。

ふと気がつくと、兼吉は城下の東はずれにある鹿島神社に向かっていた。

阿武隈川にかかる橋を渡るとこんもりとした鹿島の森が見えてきた。徳川の世の前までは、古くからこのあたりが白河の中心であったと伝えられている。鹿島神社は白河の総鎮守、守り神である。

その名残として、多数の家が森の前の北へ向かう街道に沿って軒を並べている。森の中に入るとすぐに、参道の入り口となる赤い鳥居が建っている。鳥居をくぐり黒い石を敷き詰めた参道を進んで行くと、小さな池に架かる御神橋と呼ばれている太鼓橋がある。橋はこのあたりの特産の白河石を積み上げたものである。幅は二間ほどあったが、ほぼ半月の形に湾曲しているので上り下りするにはなかなか急な橋だった。簡単には渡ることのできないこの橋は、人の世と神の世とを隔てる橋とも言われている。

橋を渡ると境内に入る前に大きな門が聳えている。門を入ると、誰もいない境内は静寂につつまれていた。提灯祭りの時にはこの境内に各町の神輿《みこし》が勢揃いして、ここから外に出て行くのである。兼吉の脳裏に祭りの提灯の鮮やかな光が蘇ってきた。

兼吉がはじめて提灯祭りに参加したのは一昨年の秋だった。

「これをあらっておげ」

こう言うと、熊吉は大量の汚れ物が入った大きな篭を兼吉に渡してきた。篭の中には、祭りに参加する若衆たちが稽古で着た祭りの装束ばかりか、真っ黒になった足袋や垢まみれになった下帯まで入っていた。

「むっ」

汗や体臭やさまざまな汚れの饐えたような臭いが鼻をつき、兼吉は思わずえずきそうになった。

「なんだ、その顔は。何がもんくあんのが。会所では、新入りがよごれ物をあらうのがしきたりだ。おぼえておげ！」

熊吉に怒鳴りつけられた。兼吉は最初、本町の会所には自分よりももっと若い十代の者が何人もいるのに、なぜ自分がと思った。

祭りは九月の半ばにおこなわれるのだが、お盆が終わったころから祭りの準備が始められるのだった。白河城下の祭りに参加する全十四町が、それぞれの町内の祭り会所に集まり、毎晩、打ち合わせや神輿のかつぎ方、竿頭提灯を持ち上げる稽古などをしていた。

本町の会所も火事場のような騒ぎだった。会所には町内の者が子どもから老人まで、数十人がひしめき、慌ただしく動いている。

兼吉は、汚れ物の入った大きなかごを抱えて、会所の裏手にある井戸に向かった。井戸の脇の洗い場に汚れ物を広げ、つるべで汲み上げた手桶の水をかけて、汚れ物をひとつひとつ洗濯板で擦り始めた。遠くからも祭り囃子の笛の音や太鼓の音が聞こえてくる。どこの町内でもこの時分、祭りの稽古の真っ盛りであった。

「オッピン、シャシャレコ、シャーレシャレシャレ」

「ツクツークツークデン、ツクツクデンデン、デデンガデンデンデン」

それぞれの町内で、笛も太鼓も微妙に調子が違うのがわかる。稽古はそれぞれの仕事が終わった夕方から夜にかけて行われる。この時節、城下全体が祭り一色に染まり、活気を帯び、昂揚していた。

宗右衛門の話によれば、祭りは今から二百年以上前の明暦の頃より始まったとされ、祭りの作法がきわめて厳格な「儀式祭り」とも呼ばれるもので、白河城下の全町内を固く結びつけているという。

それ以上に、祭り組が城下の秩序を守っているとも言われていた。

整然とした神輿と提灯の行列は、秋の夜空に煌々と輝き映え、たとえようもないほど美しいものだった。兼吉はこどものころ父親に手を引かれ、はじめて提灯祭りを見た時の感動は今でもはっきりと覚えている。

城下の東の端にある鹿島神社に勢揃いした神輿が阿武隈川を渡って城下に繰り込む儀式が祭りでもっとも盛り上がる場面だった。

西の空に陽が落ちた頃、神輿がひとつずつ川を渡る。片手に提灯をかかげ、もう一方の手で神輿を担ぐ数十人の男たちが、一斉に水量の豊富な川の中にざんぶと入り、威勢のよいかけ声とともに進む。無数の提灯の明かりが夜空に映え、そして川面にも揺れる。

この世にこんなに綺麗なものがあるのかと、子ども心にも深く心を打たれた。それから何度も提灯祭りは見てきたのだった。

しかし、祭りの裏側がこんなにも大変なものであることを、今まで兼吉は想像もできなかった。兼吉は町人になるまでは、武士として、ひとりの観衆として祭りを見物してきた。それが、今は立場が変わって、祭りの担い手のひとりとして祭りにかかわっている。兼吉はそのことに生きる張りと喜びを感じていたのだった。

熊吉は物心ついた頃から祭りに参加して、祭り組の中での地位を順々と高めてきた。神輿をかついで提灯を持ち、祭りを担うのは若者である壮者の役目で、これを壮長がまとめる。熊吉は壮長だった。その上に、年配者で構成された祭りを運営し他町との連絡や交渉をする元方と呼ばれる役があり、宗右衛門は元方だった。元方の中にも、祭りの経験年数によって、小世話、中世話、大世話の階級があった。そうして、町内の代表者が総代となるのである。

兼吉は、那須屋へ奉公しはじめてから本町の祭り組に参加するようになったので、その地位は年齢に関係なくもっとも低かった。初めて祭り組に入る十一、二の子どもとほとんど同じ扱いを受けた。那須屋に奉公する丁稚や馬方の源蔵でさえも、祭りの間は兼吉よりも立場が上で、その命令には絶対に従わねばならなかった。

元武士の兼吉に、わざと誰もが嫌がる辛い雑用をやらせておもしろがる者もいた。兼吉は汚れ物を洗わされたり、祭りの稽古所の掃除や道具のあと片づけなどの下働きをさせられていたのだった。兼吉は、これは古くからの厳然とした祭りの仕来りなので守らねばならないと思った。そうしないと儀式のように整然とした美しい祭りが成り立たないからだ。

「おーい兼吉、かづぎの稽古をやるぞー。こっちさこー！」

熊吉が怒鳴る。

兼吉は急いで洗濯物を片付けて会所の前の通りに出た。

「おまえは、ここをかづげ！」

熊吉に命じられ、兼吉は神輿を支える担ぎ棒の真ん中に入った。

「上げろ！」

「おー」

熊吉のかけ声とともに一斉に神輿が担ぎ上げられた。

（うっ重い！）

担ぎ棒が肩に食い込んできた。兼吉にとっては神輿担ぎは初めてだった。

「なんだ、そのへっぴり腰は」

見ていた若衆から笑われる。兼吉は、

（くそっ）

と思ったががまんした。

「前に進むぞ」

横一列になった先頭の数名が、手に手に提灯を掲げ、

「イチョッ、イチョッ、イチョッ」

とのかけ声で小刻みに白足袋の歩足を進めていく。その後を神輿が少しずつ進む。

（痛いっ！）

歩を進めるたびに担ぎ棒が肩に食い込み、頭の芯まで痛みが走る。神輿担ぎの稽古のとなりでは、竿頭提灯の稽古がおこなわれていた。長さ五間以上にもなる孟宗竹の先に高張り提灯を付けた竿頭提灯を地面に寝かせたところから、一気に引き揚げる稽古である。まっすぐに竿頭提灯が立ち上がると二階建ての那須屋の屋根よりも高くなる。

その目方が数貫目もある長い竿を左右に乱れることなくまっすぐに、しかも提灯の火を消すことなく持ち上げることは至難の技である。膂力と腕力、それに年季が必要だ。しかし、うまくいった時は観衆から大きな拍手が湧く。祭りの中でももっとも見応えのある、祭りの

花形といえる役だった。兼吉はいつか竿頭提灯を持ち上げてみたいと思った。

兼吉が召し放ちとなり、町人として白河に取り残され、商家の辛い奉公の日々の中で、唯一の楽しみといってもよいのがこの祭りだったのだ。

兼吉は拝殿の前に立ち、習わしの通りに二度の礼と二度の柏手を打ち、最後に大きく上体を曲げて一礼した。そうして、同盟軍の勝利と白河城下の無事を祈願したのだった。

（もう一度志づに頼むしかないいな）

兼吉は覚悟を決めた。

三章　初戦大勝利

一節

閏四月二十日早暁、城下西方から突然大砲の音が、遠雷のように響き渡った。

「いくさだ！　いくさが始まったぞー！」

城下のあちこちで声が上がる。会津藩が攻撃してきたのだ。

店を開けるしたくをしていた那須屋も大騒ぎとなった。こんなに急に戦が始まるとは誰も思っていなかったので、衝撃は大きく、皆戸惑うばかりだった。

「兼吉、店のおなご衆《しゅ》と泊まり客を連れてすぐに逃げなさい」

宗右衛門に命じられた兼吉は二階に駆け上がった。二階は大混乱だった。宿泊していた客が真っ青な顔をして部屋から飛び出してくるし、女中や飯盛り女たちは髪を振り乱し着物の帯もろくに締めることも忘れて、きゃー、きゃー、と喚きながら半裸で騒いでいた。

「落ちつけー。逃げるしたくをして下に降りろ！」

兼吉はそれぞれの部屋をまわって指示した。

すぐに宗右衛門や那須屋の奉公人と宿泊していた客は城下南方にある那須屋の菩提寺の龍

興寺に避難した。会津藩兵は、会津街道の勢至堂峠を越えて城下北方あるいは西方から攻撃してくると聞いていたので、城下南方なら安全だと思われた。

兼吉は戦を体験するのは初めてである。白河藩士だった頃、長州征討に従軍して大坂まで上ったが、実際に戦をしたことはなかった。もちろん白河の町人すべてが同様であろう。戦になることを知らずに逃げ遅れた町人は、さぞ肝を潰しているに違いない。逃げまどう町人の叫び声があちこちで聞こえ始めた。やがて、パン、パンという乾いた鉄砲の音や怒鳴り合う兵の声が風に流されてくる。

この日は梅雨の晴れ間で、朝から陽が出ていた。だんだん陽が高くなるにつれて戦も激しさを増し、戦闘は城下のはずれから中心に移ってきたようだった。昼頃、心配になった兼吉は、本堂から寺の裏山に出て城下の方を見渡した。すると、北の方角から真っ黒い煙が上がるのが眼に入ってきた。城下南方の山陵の中にある寺の境内からは、白河城がちょうど真北に望める。

城が燃えていた。兼吉が元服して城に勤仕したのは十年以上も前のことだった。天守閣がなく、代わりに三重櫓が聳えるだけの小振りな平城だったが、縄張りのしっかりした美しい城だった。勤仕で疲れた時などには、三重櫓の凛とした姿や壁の漆喰の白さによく心を慰められたのだった。藩士はもとより町人も皆、心の拠り所としているものだった。

頻繁に主が変わり、最後には城主不在となった白河城がついに焼け落ちた。これからの白河の町の苦難を思わせるような、象徴的な出来事だった。煙は城の本丸付近と、城の周りの町家からもいく筋か上っている。

（那須屋は無事だろうか）

再仕官が決まる前に那須屋が焼けてしまっては、仕事も住むところもなくなり暮らしていけなくなる。

兼吉は不安な表情で北の空を見つめていた。

「兼吉」

ふいに後ろから女の声がした。兼吉が振り返ると千代が立っていた。しばらく前店で見かけた時には、健康そうな赤みを帯びた顔色をしていた千代の顔色が青ざめていた。黒目がちの大きな眼に輝きは無かったが、それでもはっとするほど美しかった。翳りを湛えた表情が大人びた感じを抱かせる。

兼吉は探索の役目が忙しくて、すっかり宗右衛門からの千代の婿になる話を忘れていた。

「お嬢さま、どうしたんです」

「お店が心配でじっとしていられなかったの。お店はだいじょうかしら。焼けたりしてはいないでしょうね」

千代が不安げな顔で訊く。

「残念ですが、ここからではよくわかりません」

本町の方角は森の樹木に阻まれてよく見えなかった。

「お店がなくなったらどうしよう」

千代は泣きそうな顔をして言った。家付き娘らしく那須屋のことを強く案じているようだった。

今まで考える暇もなかったが、千代と一緒になって那須屋を継ぐ話は、兼吉が武士という身分にこだわらなければこの上ない良い話であった。しかし、それも那須屋が無事であった場合の話である。

「今は無事を祈るしかありません」

兼吉が静かに言うと、

「そうね、そうするしかないわね」

千代は北の方角に向かって手を合わせた。兼吉には眼を閉じて一心に祈る千代の姿が仏のように見えて心惹かれるのだった。

この日、世良は兵の増援要請のために仙台の鎮撫使のもとへ行って不在だった。留守を任された世良の部下の鎮撫軍将兵が、やっきになって各藩兵を督戦してもいっこうに戦意は高まらなかった。それればかりか、どうしたわけか守備兵の多くは形だけの戦闘をした後、奥羽街道を北へ向かってどんどん退却してしまった。やむなく他の守備兵は、城に火を放って逃れた。戦は思ったほど大きくはならず、その日の昼頃には終わったのだった。

城の本丸と三重櫓、その他多くの屋敷が焼け落ちたが、町中の被害は思ったほどひどくはなく那須屋も無事だった。那須屋主従が避難先の龍興寺から戻ると、その日の夕刻には会津藩兵が続々と城下に入ってきた。城ばかりでなく、町家も一部焼かれたが、町民は皆会津藩兵を歓迎した。やはり、城下が奥羽鎮撫軍の支配下におかれていたことに町人は快くは思っていなかったのである。兼吉は那須屋の前で続々とやってくる会津藩の兵を出迎えた。

会津藩の総督は家老の西郷頼母、副総督は同じく家老の横山主税であった。馬上の西郷は小柄であったが、さすがに会津藩の筆頭家老の威厳を備えていた。兼吉よりも若く見える横山は、威厳というよりは華々しい軍装と凛々しさがひと際目立つ。整然と隊列を組んで進む会津藩兵は見るからに頼もしかった。会津藩は何年も京都の治安を守るために勤王浪士たちと死闘をくり広げてきた。禁門の変や鳥羽伏見の実戦を経験している藩兵も多い。皆、戦慣れした面構えのしっかりとした顔をしている。

会津藩兵に続いて、会津藩と行動を共にしている旧幕府軍と新選組の隊士が入ってきた。こちらは数は少なかったが、一騎当千の猛者という感じだった。とくに京で勇名を馳せた新選組隊士は、それぞれに並の者とは違う雰囲気を漂わせ異彩を放っている。

翌日には、およそ四百あまりの棚倉藩兵も入ってきた。その棚倉藩兵の最後に異様な一団がいた。藩兵のほとんどが紺色の筒袖に半袴やダンブクロ姿なのに対して、十数名の一隊は、戦国の世に戻ったような鎧甲に身を包んでいる。手には槍や弓を携えている。先頭は、ことさら勇壮な鎧甲姿の武士だった。者頭をつとめる阿部内膳だった。

兼吉は、内膳については白河藩時代から知っている。内膳の家は藩主の血筋を引く家で本来であれば者頭四百石に止まっているような家ではない。中老や家老の地位に就いていてもおかしくはないのだ。

内膳は、阿部家中では誰もが認める剛勇の武士だった。名門の家柄には珍しく武芸一辺倒で、人望も篤い阿部軍団の中核的存在である。

（あれで薩長軍に立ち向かうというのか）

兼吉の眼には、その姿はいかにも時代遅れに映った。しかし、見るからに勇ましく意気さかんな様子は、見る者の気持ちを勇気付けるのだった。

棚倉藩に続いて奥羽諸藩の兵が入って来ると、城下は夥しい兵で混乱をきわめた。西郷ら会津藩首脳は白河城内の屋敷に泊まり、那須屋は棚倉藩の幹部と新選組の宿舎となった。棚倉藩兵の中には軍装姿の平三郎もいた。兼吉は平三郎を離れに通した。

「ついにいくさが始まってしまった。これから大変だぞ」

平三郎は出された茶に手もつけず、不安な表情で言った。いつも自信に満ちあふれているように見える平三郎には意外とも思える弱音を漏らしたのだった。

よく見ると平三郎の顔には、疲労の色がありありと窺えた。兼吉と同じ歳とは思えないほど老成した顔をしている。藩の命運が大きく左右されるこの混乱期に、若くして藩の中枢にまで駆け上がった平三郎は、兼吉には想像もできないほど、複雑で大きなものと苦闘しているのだろう。

平三郎の顔を見ているうちに、兼吉の脳裏には、平三郎とふたりで藩校や剣術道場に通った頃の懐かしい思い出が浮かんできた。思わず兼吉は、その頃のことを語り合いたい衝動にかられたが、最初に城で会った時のことを思い出してやめた。もう昔の平三郎ではないのだ。

「薩長軍とのいくさは避けられないのですか」

兼吉がもっとも不安に思っている事を訊いた。

「福島で仙台藩士が世良を斬ってしまったのだ。世良は白河から仙台に行く途中だったらしい」

「えっ、世良が斬られたのですか」

兼吉は驚いた。

「うまく世良を亡き者にしようと思っていたのに、だめだった。おまえが早くしなかったからだ」

平三郎が兼吉を責めるように言った。

「すみませんでした」

兼吉は、もともと世良を暗殺するという平三郎の命令が無理なものであったので、不本意とは思ったが詫びるしかなかった。一方で、志づに何事もなくて良かったと思った。

「仙台藩士の世良に対する恨みはそうとうなもので、我慢できなかったものと見える。これで、奥羽諸藩は後戻りはできなくなった」

奥羽鎮撫軍の参謀を斬ったとなれば、ただではすまない。

「まあ、いずれこうなる宿命だったのかもしれんな。世良たち奥羽鎮撫軍兵士の振るまいは眼にあまるものがあったからの。それに、奥羽すべてを敵と見なして、徹底的につぶそうという計画を世良たちが練っていたらしい。そのことが書かれた密書を手にいれた仙台藩士らの怒りが爆発したようだ。これで迷いのあった仙台藩も覚悟を決めて一気に反新政府に傾いた。白石の会議では、奥羽諸藩の盟約が結ばれ、新政府に対して徹底拡戦することになった」

平三郎の話を聞いて兼吉は、奥羽鎮撫軍の命で白河城を守備していた二本松藩兵らが、本気で戦わずして会津藩に城を明け渡したわけもわかった。陰で会津藩と二本松藩との間に申し合わせができていたのであろう。

「棚倉藩もその盟約に参加なされたわけでございますな」

「うむ。結果としては参加することになったが、藩内では若殿はじめ、朝廷に恭順する意見が大方だったから、評定の場では激論が戦わされた」

藩主一族の旗本家から養子に入った正外は開明的で、老中としては積極的な外交方針を目指す一方、藩内の改革も意欲的に断行した。それが守旧派の老臣の反発を買った。白河から棚倉に所替になったのも正外のせいであると、老臣たちは考えている節がある。家督が正静に譲られてからは、老臣たちは正静を奉って結束していた。しかし、まだまだ大殿の勢力も隠然として残っている。

「結局、仙台藩をはじめとする奥羽諸藩の大勢にはさからえぬ現状もあって、最後は、阿部内膳殿などの強硬な意見に押し切られてしまった」

平三郎は悔しそうな表情を見せた。当然のことだが、若殿側近の平三郎は大殿や内膳をあまり快く思ってはいないようだった。

「やはり大殿さまは、最後まで幕府方につくお考えでございますか」

「ああ。ご実家が幕臣であることや、幕府の重職に就いていた大殿のいままでの経歴を考えると、当然であろうな。しかし、奥羽諸藩が束になってもはたして薩長軍に勝てるかどうか。わが藩もどうなるかまったくわからん」

平三郎の言い方では、阿部家中の方針は必ずしも一つに定まってはいないようだ。陰には何かあるのかもしれない。

兼吉の胸の内は複雑であった。奥羽諸藩が、新政府に負けた場合にはいったいどうなるのか。探索などをしていた者が無事ですむのか。さまざまな思いが胸の内に去来した。

新政府軍の援軍が奥羽街道を北上し、白河のすぐ南方の芦野まで来ていた。白河を攻撃して来るのは時間の問題となった。

二節

奥羽における最初の戦場が白河になるのは明らかだった。同盟軍は、奥羽への入り口である白河を死守すべく、続々と各藩の兵を白河に集結させた。

兼吉は仕事の合間を見はからって志づのもとを訪れた。

「ごめんなさい、兼吉さんに頼まれたことができなくて。おそろしくて、とても人を殺めるなんてだいそれたことは、とうとうできなかったわ。いただいたお金はお返しします」

志づはほんとうにすまなさそうな顔をして詫びた後、袂から金子を取り出して兼吉に渡そうとした。

「いや、最初から無理なことを頼んだのはこっちの方だ。その金は取っておいてくれ。苦労をかけたお代と思ってもらっていい」

兼吉は平三郎から、志づに渡した金子は返さなくてもよいとの了承を得ていた。志づに危ない眼にあわせた見返りを与えてくれるよう兼吉が平三郎に頼んだのだった。最初は渋っていた平三郎も最後には承知してくれた。

「でも、そんなわけには……」

志づが困惑した顔をする。

「ほんとにいいんだ。お志づさんは心配しなくていい。実家への仕送りの足しにでもしてくれ」

兼吉がこう言うと、ようやく志づは頭を下げて納得したようだったが、金子には手を付けなかった。

「あたしが世良さまのことを失敗したので、いくさになったのではないの」

志づが弱々しい声で言った。

「ちがう、お志づさんのせいではない。世良は福島で仙台藩士に斬られたんだ。それに、最初から会津藩は白河を攻撃する考えだったんだ」

「えっ、あの人が斬られたの？」

志づは切れ長の眼を大きく見開き、面《おもて》を蒼白にした。

「世良は多くの者から憎まれていたんだ。われわれがやらなくてもいずれ誰かに消される宿命《さだめ》にあったのだ」

「ああ、そんな……、かわいそう」

志づは激しくかぶりを振って取り乱した。

「どうしたんだ」

兼吉は志づの様子に驚き、戸惑った。

志づはしばらく俯いて肩を振るわせていたが、ようやく顔を上げた。眼には涙が浮かんでいる。

「あたしが兼吉さんに頼まれたことができなかったのは、おそろしいという気持ちがつよかったこともたしかだけど、それよりも、あの人がかわいそうな気がしたの」

志づは落ち着きを取り戻して話し始めた。

「世良がかわいそう？」

兼吉は意外な気がした。

「ええ。大酒をのんで乱暴なふるまいばかりしていたけど、あの人はいつもなにかにおびえていたわ。はたから見るとえらぶっているように見えたけど、まわりが敵ばかりの土地にいて、おそらく内心はこわかったのだとおもうわ」

兼吉は黙って志づの言葉を聞いた。志づが続ける。

「あの人は必死になってそのこわさとたたかっていたような気がするの。ほんとは、弱い人なんだと感じたわ。そうおもうと、かわいそうな気がしてしかたなかったの」

　志づは遠い眼をして言った。

「そうか」

　兼吉は短くつぶやいて、世良の顔を頭に思い浮かべた。あの傲慢な態度や酷薄な顔からは、何かに怯えている風など、みじんも想像できなかった。強面《こわもて》の風貌や粗暴な言動の陰で、世良は恐れや苦悩と闘っていたのか。どんな人間もそれぞれ他人にはわからないものを抱えているものなのかもしれない。

　しばらく二人の間に沈黙が続いた。

　急に志づが思い出したように、

「これからもいくさはつづくの？　あたしたちはどうなるの」

　不安な顔をしながら兼吉に躙り寄り、腕をつかんできた。

「そんなことは俺にもわからない」

　兼吉は苦しげに答えながら、志づの温かい手につかまれた腕に意外と強い力を感じて戸惑った。志づの髪から椿油の匂いがした。

「あたしは死にたくないの。生きて故郷《くに》へかえりたいのよ」

　志づは必死の表情で兼吉に縋りつくのだった。


　兼吉が那須屋に戻ると、平三郎が待っていた。

「白石の会議に出席したご家老の話によると、列藩同盟の構想はとてつもなく壮大なものらしいぞ」

平三郎が目を輝かせて言った。

「それはいったいどんなものですか」

兼吉は強い興味を持った。

「仙台藩の重臣と学者たちが考えたものだそうだが、奥州に薩長とは別な新しいまつりごとのしくみをつくるらしい」

「新しいまつりごとのしくみ、ですか」

兼吉は意味がよく理解できなかった。

「同盟の盟主に輪王寺宮、総督に仙台藩主伊達慶邦公と米沢藩主上杉斉憲公をすえる。そして、その下に参謀として元老中の小笠原長行公、板倉勝静公のふたりをおく。これが最高執行部となり、各藩の重臣たちがそれを支えるというしくみだ」

「なんという……。薩長政府に対抗するためのたんなる諸藩の連合軍のわくを越えている。奥州に、新しい幕府をつくるのですか」

兼吉はあまりのことに驚いて、想像もできなかった。

平三郎が続ける。

「うむ、そのようなものだな。京都の薩長政権に対して、奥州に独立した国をつくろうと考えているのかもしれんな。列藩の会議の開かれた白石城に軍議所がもうけられ、これが公議府と呼ばれている。ここに、二十五の同盟諸藩の代表が集まり、これからの戦略や奥羽全体のまつりごとについて話し合うというのだ。具体的な戦略もすでにできているという。白河、庄内、北越の各方面の戦略、そして全体の総括という四つの戦略について、二十いくつもの細かい計画が決められていると聞く」

「仙台藩の重臣方はじつに大がかりなことを考えたものですな。ところで、白河方面の戦略はどのようなものですか」

「そこが大事なところだ。平田様の話によると、白河方面の計画はこのようなものだ」

平三郎は懐から一枚の書き付けを取り出して、兼吉に見せた。

「第一条、薩長軍の白河入城を断固阻止する。これには会津藩が主力となって、仙台藩をはじめとする諸藩が協力するというものだ。これは計画通りすすんでいて、知ってのとおり各藩の兵が白河に入ってきている。第二条、奥羽鎮撫使の下参謀を追放する、とある。これをみれば、世良はいずれ仙台藩に葬られることになっていたのだ。第三条、会津藩は日光方面から宇都宮に進軍して江戸を窺う。これは積極的な攻めの姿勢を示すものだ。ただ守っているだけでは後退するばかりだからの。同盟軍はやがて、関東方面に打って出ることまで考えているらしい。会津藩は田島、日光口から関東に出兵して旧幕府軍とともに宇都宮を奪回し、江戸まで進軍するという」

「これはすごい」

兼吉は驚いた。この様子なら同盟軍の働きに大いに期待できる。

「同盟の戦略は、奥羽だけにとどまらない壮大なものだ。今はおとなしくしているが、すべての藩が納得して薩長にしたがっているわけではないので、不満な西の諸藩に密使を送って同盟に参加させる。そうして、奥羽以外のあちこちからも蜂起させて薩長政府を攪乱させるというものだ。それには強力な武器が必要となってくるので、米国や仏国などと交渉して新式の武器を購入する準備もしているらしい。もし、これが成功したならば、今の形勢を逆転させることができるやもしれんぞ」

平三郎は上気した顔で言った。

（これは、ほんとにうまくいったらおもしろいことになるぞ）

兼吉は平三郎の強い熱気に刺激され、興奮を覚えるのだった。万一同盟軍が薩長軍との戦いに勝つことができたならば、兼吉の再仕官が叶うかもしれないと思い、ふたたび希望を抱くのだった。

三節

新政府軍が北上して奥州街道の芦野まで進攻してきたという情報を得た兼吉は、源蔵と二人で探索に向かった。

閏四月二十五日払暁、兼吉と源蔵は境明神の森の中にある境内に潜んでいた。うっすらと暁光が差し始めてきた頃、境内に続く参道の下に見える奥州街道に大勢の人の気配がした。

「薩長の兵がきたみでだない」

源蔵が押し殺した声で言った。

「うむ、そのようだな」

兼吉も確かな人の足音を聞いて身構えた。

二人は、奥州街道を進む新政府軍の兵を注意深く見ながら、街道に平行して走る山の中の獣道を白河城下の方に戻るように進んだ。しばらく行くと、白坂の集落の手前の平地に出た。すでに東の空が明るみはじめ、急に視界が開けた。

街道の周囲に広がる田んぼが見えると同時に、街道にいる新政府軍の兵の姿がはっきりと見えてきた。

「兵の数は、ざっと見て二、三十というところだっぺか」

源蔵が数えた。

「そうだな。この兵は本隊ではなく、おそらく物見の斥候隊だな」

周囲を窺いながらゆっくり進む眼前の兵を見ながら兼吉が応じる。眼を凝らして兵の数を数えると、二十七人だった。兼吉は子どものころから人一倍眼が良かった。白河藩士の時には足軽鉄砲隊を率いて銃の稽古をしたが、並外れた視力の兼吉の命中率がもっとも高かった。

兵達は、眉庇《まびさし》のついた円錐形の尖り笠をかぶり、上は筒袖を着て下はダンブクロを穿いていた。白い兵児帯《へこおび》に刀を差し、銃剣を手にしている。筒袖の左肩に丸に十の字の記された肩章を縫い付けているのが見えた。ふつうの者では判別できない大きさだったが、兼吉には薩摩藩の兵であることがわかった。

突然、

「敵だ！」

と、集落の方から声が上がった。声のする方を見ると、白刃をきらめかせた兵の集団が猛然と駆けてくる。

「あれは、新選組だ」

兼吉は見覚えのある洋風の軍装を思い出した。

「撃て！、撃てー！」

薩摩藩兵が叫ぶと同時に、

「パン、パン」

乾いた銃声が轟く。すると、抜刀して走ってきた兵の一人が、

「うっ」

撃たれて斃れた。

「怯むな。進め！」

刀の集団は止まることなく、そのまま薩摩藩兵に向かって突進してくる。薩薩藩兵は慌てながら、

「散開しろ！」

狼狽した声とともに、縦に数珠繋ぎの状態は不利と見て、街道から横に広がろうとして左

右の田んぼの中に入った。ところが、田んぼの中は何日も降り続いた雨のせいでかなり泥濘《ぬかる》んでいる。数歩足を踏み入れたとたん、兵達は皆、泥に足を取られて動けなくなってしまった。

そこに抜刀隊が斬り込んでいく。数発銃声がしたが、慌てて狙いがつけられずに当たらない。すぐに、

「ぎゃー」

と、あちこちで斬られた兵の悲鳴が上がる。

薩摩藩兵は必死に応戦するが、斬り合いは新選組が圧倒的に優勢だった。たまらず、

「退《ひ》けー!、退《ひ》けー!」

薩摩藩兵は、必死になって来た道の白坂方面に向かって逃げ出した。

「逃がすな!」

新選組が追走する。その時、逃げ遅れた兵が一人いた。泥田から抜け出るのに手間取ったのだ。すぐに数人の隊士に取り囲まれてしまった。

「わぁー」

その兵は狂ったように銃剣を振り回す。新選組の数人が容易には斬りかかれず、しばらく遠巻きにしていた。

「こいつは清原だ。まちがいない。裏切り者の清原だぞー」

若い隊士が叫んだ。

「やあー」

とその若い隊士が清原に斬り付けた。しかし、すぐにはね返された。

「なにー、清原だと！」

前の方の兵を追いかけて戻ってきた者が言う。

「こいつはわしに任せろ」

見るからに迫力のある隊士だった。その隊士はずいっと一歩前に出て腰を落として刀に手をかけて構えた。清原と呼ばれた兵も相手が誰か気づいたようだった。

「やあー」

と銃剣を振りかざして隊士に向かって行った。隊士が素早く銃剣を躱して相手の左に動くや否や、

「うっ」

清原が左の脇腹を押さえて倒れたのだった。一瞬のことだった。

「やったぞ」

まわりの隊士が興奮した声を上げた。

「近藤さんの仇を討ったぞー」

何人かの隊士が刀を振り上げて叫んだ。

「やったぞ!、やったぞ!」

斃れている男を取り囲んで皆嬉しそうに歓声を上げる。

これを見て源蔵が、

「なに喜んでいるんだべない」

と言う。

「うーむ、わからんな。斬られた清原という男はいったい何者なんだ」

兼吉も新選組の隊士たちがなぜあんなに騒いでいるのかわからなかった。

その時、

「敵だ！」

誰かが叫ぶ。右手の白坂の方からバラバラッ、と多数の兵の足音がした。新政府軍の本隊が駆けつけてきたのだ。

「おい、首だ」

清原を斬った隊士が部下に命ずるや、若い隊士が刀に膝を乗せて清原の首を押し斬った。

血しぶきが上がるのが見えた。

「うっ」

兼吉は口を押さえた。初めて見る惨い光景に、恐怖と衝撃で思わず叫びそうになった。

「だいじょうぶがい、兼吉サ」

気丈な源蔵が心配して声をかけてきた。

「退けー、退却だ！」

新選組はいっせいに城下の方へ走り出した。首を斬った隊士は、首を小脇に抱えて走り出した。血の滴る首は重そうで、他の隊士よりも少し遅れてついて行く。

　街道には続々と新政府軍の兵が進んで来た。

　兼吉と源蔵も獣道を城下の方に向かって急いだ。ふたりはようやく、城下入り口の小丸山の西側の老久保《おいくぼ》山に身を潜めて、下の街道の様子を窺った。奥州街道を南下してきた新政府軍は先ほどの斥候隊の十倍以上はいた。街道から小丸山全体に兵を展開した。

　薩摩の兵ばかりでなく長州の兵も多数いた。長州藩兵は薩摩兵よりも洋式化が進んでいた。頭は韮山笠《にらやまがさ》で、黒木綿の詰め襟を着てズボンを穿いている。革バンドに銃剣鞘付き、肩からは右脇に革製胴乱、左脇に剣吊しといういで立ちだった。

　上官は黒いフロックコートにズボン姿、長靴を履き刀をサーベルのように左腰に吊っている。奥州諸藩の兵よりも動きやすく、戦に適した軍装であることは明らかだった。他に大垣藩兵も見えた。

　北側の城下の方を見ると、奥州街道が突き当たる稲荷山には、新選組を収容した同盟軍の兵が多数陣取っていた。

　すぐに互いに銃砲の撃ち合いになった。

　稲荷山からさかんに大砲の音がするのだが、なかなかこちらの小丸山までは飛んでこないで途中の田んぼの中に落ちてしまう。一方、新政府軍の大砲は音が一段と大きく威力もありそうだった。しかし、なかなか照準が合わせられないようで、飛距離はあるのだが砲弾が脇にそれてしまい、同盟軍の陣地には飛んでいかなかった。

やむなく、新政府軍は前に進もうとして小丸山から下りて街道や田んぼの中を進軍しようしたが、やはり泥田に足を取られてしまう。そこを稲荷山から突進してきた兵に銃で狙い撃ちにされた。新政府軍の兵もさかんに撃ち返す。

そのうち、同盟軍は稲荷山の東の南湖方面とさらに西側の原方口の方からも攻撃してくるようになった。これを見た新政府軍は、

「退却だー！　退却だー！」

と、あちこちから声が上がって、兵を引き揚げ始めた。新政府軍は、まず負傷者を逃れさせ、その後に大砲隊が続いて行く。

稲荷山方面から追撃の兵が進んでくるのが見える。それを新政府軍の銃隊が激しく援護射撃をするので、なかなか同盟軍は進めない。ある程度自軍の兵が退却したのを見計らって新政府軍の銃隊も鉄砲を撃ちながら退却する。そのようなことを何度か繰り返して、新政府軍は一兵残らず白坂方面に引き揚げて行った。

同盟軍もそれ以上追撃するのは諦めたようであった。

「見事な退却だな」

兼吉は感心した。

四節

翌二十六日早暁、新政府軍の戦死者の首級が大手門前に晒された。町中はその噂で持ちきりであった。兼吉は宗右衛門の用事で使いに出たついでに大手門の前を通った。

大手門の前は黒山の人だかりだった。兼吉は斬られた人間の首を見るのは初めてだった。戦の時でなくとも罪人が処刑され獄門になることはあるが、城下ではしばらくそういうことはなかった。町の人々には大きな衝撃に違いない。

四寸割の板に五寸釘を打ち付けた台の上に首がかけられていた。青黒く変色した首のひとつひとつは、両頬の脇に盛られた泥で動かないように固められている。まだ首のあたりから血が滲み出しているのが生々しい。

ほとんどの首は眼を閉じて無言の表情をしていたが、二、三の首は白眼を剥き出し恐ろしい形相をしている。首にはそれぞれ所属の藩名が印された木札が下がっていた。昨日の戦で斬られた清原という薩摩藩兵の首もあった。

あたりには人だけでなく野犬がうろつき、不気味な首に向かって激しく吠えたてる。時折鴉が舞い降りてきては首を啄む。

(酷いものだ)

兼吉は胸が重苦しくなるのを感じた。

大勢の見物人が怖々と物言わぬ首を見ていると、群衆の中から並んだ首のひとつに石が投げつけられた。石があたった清原の首の額からどろりと、黒い血が流れ出た。見物人はおおっと、声を上げて石が飛んで来た方に一斉に眼を向けた。

多くの人々の視線の先には、六尺はあろうかと思われる巨漢の武士が憎悪に満ちた表情で首を睨みつけていた。

「裏切り者め！　思い知ったか」

武士は大声で叫んだかと思うと、くるりと体をひるがえして群衆の方に進んだ。

（なぜ、こんなことを）

兼吉は、驚いた群衆が左右に割れる中を悠然と歩いて行く武士の大きな背中を凝視した。

夕刻、那須屋の大広間で同盟軍の勝利を祝う酒宴が開かれた。酒宴には新選組の幹部十数名と棚倉藩士がいた。兼吉は接待の女中が粗相の無いようにと、主の命で座敷の隅に控えていた。

「いやー、局長の仇が討ててよかった」

大柄な隊士が満足げに言った。兼吉は胸の中であっ、と思った。その隊士が、先ほど大手門の前の晒し首に石を投げつけた武士だったからだ。

「島田君、ほんとによかったな。局長は清原清に殺されたようなもんだからな」

中島という隊士が応じた。中島は帳面か何かを書き付けながら杯を口に運んでいる。

「清原の奴、新選組を裏切って薩摩に寝返ったばかりか、局長を売りやがった」

島田が憎々しげに言う。島田は武張った顔で、体も大きくいかにも偉丈夫といった感じの容貌だったが、酒はまったく嗜まないようだった。お膳の肴をすっかりたいらげてしまうと、とくべつに饅頭を注文してうまそうに頬張っていた。兼吉は興味深く島田に視線を向けた。

「いったいそれはどういうことですかな」

棚倉藩の阿部内膳が訊いた。

「われらが下総の流山で薩長の大軍に囲まれてどうにもならなくなったときに、近藤局長は他の隊士を逃がすためにご自分が犠牲となって敵に投降したのです。その際、局長は大久保大和と変名を名乗ったのですが、それを清原が、局長の近藤だと訴えたのです。そのために局長はすぐに板橋で斬られることになってしまいました」

島田がいまいましそうに答えた。

「まさかあの清原が、薩摩軍に入って白河までやってくるとは思いもよらなかった。まさに、飛んで火にいる何とかだったな。なんとしても局長の仇を討ちたいと言っていた菊地央の執念の力だな」

副隊長の安富才助が感心するように言った。

「菊地もさぞかし本望だろうよ」

菊地央という隊士は戦死したのだった。

「それにしても、今日の山口隊長の剣はひときわ冴えていましたな。敵の銃撃が止んだとたん抜刀して一気に突進するや、あっという間に三人ほど斬り倒してしまった。それを見て、真っ青な顔で逃げ惑う薩長のやつらの恰好といったらなかったですな」

島田は酒も呑まずにすっかり上機嫌の様子だった。

「鳥羽伏見の二の舞はもうできんからな」

山口はすこしも表情を変えずに言った。山口はまだ若そうに見えたが、他の隊士とはまったく違う落ち着きがあった。いかにも肝が据わっているという感じだった。恐ろしいほど鋭い眼をしている。

「ほう、それは見たかったものでしたな。わしらは城下東方の棚倉口の守りをかためておったが、いくさにはならなかったので、腕がふるえず気抜けした」

内膳が残念そうに言った。内膳は整った面長の顔立ちをしているが、眼に強い光を宿し、戦意に満ち溢れている。

「阿部どのはなかなか勇壮な武者ぶりでございますな。先日拝見したいくさ支度はずいぶんと古風な出で立ちでしたが、なにかとくべつわけでもござるのか」

島田が訊く。

「当家は代々老中など幕府の要職をつとめることが多かったので、江戸づめの藩士が家中全体の半分にもなっていた。江戸で幕府の実務をつとめる一方、江戸のはなやかな水に馴れる者が多く出るようになった。そのために、どうしても家中の士風が武より文の方に流れてしまった。そんな軟弱な藩の気風をいましめたかったのでござる」

武を好む剛毅な性格の内膳は、内心忸怩たる思いをしてきたのであろう。

「こうもうしては無礼になるかもしれないが、ちかごろのいくさは戦国の世のころと違って、心意気だけではどうにもならないものがありますぞ。のう、隊長」

島田は山口に水を向けた。

「うむ」

山口は同意するわけでもなく応じると、ぐいっと杯の酒を呑みほすと視線を一点に据えた。山口の隣にいた隊士があわてて杯に酒を満たしたが、山口はまったくをそれを意に介する風もなく、泰然とした表情をくずさなかった。

「鳥羽伏見の戦いではさんざんな目にあった。鉄砲の威力はすさまじい。どんなに腕におぼえのある武士でも、勇猛果敢な武士でも、たった一発の銃弾で倒されてしまう。抜刀した味方の兵が、つぎつぎと突進しては、ばたばたと倒されて死んでいくさまを今でも夢にみる」

島田は無念そうに言うと、拳の入りそうな大きな口に饅頭を三ついっぺんに放り込んだ。

「薩長のやつらのいくさは侮れないというか、恐るべきものがある。とにかく巧妙で奸知に長けている」

中島が厳しい表情で言った。

「薩長のやつらはどんないくさをするのでござるか。そもそもわしらは、鳥羽伏見の戦いでなぜ幕府軍が薩長軍に敗れたのかがわからない」

内膳が訊く。

「それはわたしたちも同じでした。大坂から一万以上の幕府軍が京に攻め上った。その中には会津藩も桑名藩もわれら新選組もいました。それに対して薩長軍は四千ばかり。わが方が負けるはずはなかったのです」

　中島が答える。

「それではなぜ」

　内膳が不思議そうに訊く。

「まず、はなからいくさに対する覚悟が違っていました。こちらは幕府の大軍ということで皆が油断していました。鉄砲に弾も込めずにただ薩長の陣地を無理やり押し通ることしか頭にありませんでした。ところが相手は、最初からいくさをする気で陣を構え、いつでも発砲できるようにと鉄砲にも大砲にも弾が込められていました。伏見の関門を通せ通さないで言い争っているうちに、薩長からいきなり発砲されて幕府方はあわてふためくばかりでした」

「なるほど」

　内膳が頷く。

「あとはもう、めちゃくちゃだった。薩長は横に陣を敷いて鉄砲と大砲を撃ちかけてくる。こちらは狭い街道を縦に並んでいたので、すぐには戦えない。やむを得ず、いったん退いてから敵に向かっていったが、結果はさっき話したとおりです」

　中島がまた悔しそうに言った。

「その後、大坂城に戻って再挙を図ろうとしたが、将軍が夜逃げではどうしようもなかった」

島田が吐き捨てるように言った。

「初戦で敗れたために、様子見をしていた京坂近辺の淀藩や津藩などが薩長側について幕府軍を攻撃してきたのには驚いた。朝廷から各藩に使者が出されたこともあって、各藩が続々と朝廷に恭順した。こうなると流れは一挙に薩長側に有利になってしまったのだ」

中島が続けると、安富も冷静に説明した。

「薩長側は作戦が緻密であり、軍の指揮能力も高い。それにいくさの駆け引きが上手いのだ。やつらは天皇の権威をいかんなく利用するために、錦の御旗を作ってそれを全面に押し立ててきた。こうなると、皆戦意を喪失してしまうのだ」

「それにくらべると、奥羽諸藩のいくさのやり方に不安があるな。今日のところは、相手は兵の数も少なく初めての土地に不案内だったこともあってわれらが勝ったが、次はどうなるかわからない。敵はそれ相応の対策を立ててくるはず。奥羽諸藩の将たちがはたしてそれに対応できるか心配だな」

中島が言う。

「うむ、このいくさ、どうなるかわからんな」

黙していた山口がぼそりと言った。山口の言葉はけして大きな声ではなかったが、強く重みのあるものだった。

兼吉はまもなく起こるであろう大戦に一抹の不安を抱いた。

「なあに、勝負は時の運ともうすではないか。まことの武士の心意気を薩長のやつらに見せてやれれば、拙者はそれで満足でござる」

内膳が重苦しくなった場の雰囲気を払拭するように力強い声で言った。内膳はすでに、戦の勝ち負けや己の生死に対する執着を捨てているような様子を漂わせていた。

四章　軍議

一節

大戦を前にして、那須屋の離れで密談が行われた。

「これだけの兵力があれば、薩長軍に、そうかんたんには負けはしない」

平三郎が自信に満ちた表情で兼吉に言った。

白河に同盟軍の兵が続々と集結していた。

会津藩は、西郷頼母総督・横山主税副総督以下一千名。西郷の配下には、軍事奉行海老名衛門、軍事方小松十太夫、小森一貫斎、鈴木作右衛門、日向茂太郎等の京都以来の歴戦の勇士。ここに、山口二郎隊長の新選組百二十名、旧幕府純義隊頭小池周吾、義集隊頭辰野源左衛門等。

仙台藩は、坂本大炊参謀、今村鷲之介副参謀、瀬上主膳、佐藤宮内ら重臣が率いる一千余名。

それに、二本松藩兵、棚倉藩兵らが加わり、総兵力はおよそ二千八百名であった。

「大丈夫だとはおもうが、念のため敵の兵力を知っておく必要もあろう。白坂にいる薩長軍のようすを探ってきてくれ」

　平三郎が命じた。

「承知しました」

　兼吉は二言なく答えた。

「わかっているとは思うが、くれぐれも気をつけてくれ。きのう、薩長の兵に、白坂の庄屋の白坂市之助がみせしめに斬られたらしい」

「えっ、そんなことがあったのですか」

　兼吉は強い衝撃を受け、頭から血の気が退くようだった。

「どうした兼吉、顔が真っ青だぞ。あい変わらず気が小さいな」

　平三郎が小馬鹿にしたような笑みを浮かべた。

「最初の話では危ないことのない仕事のはずだったのでは……」

　兼吉が弱々しい声で言う。

「いまさら何をいっておる。探索に多少の危険はつきものだ。そんなことだから、召し放ちになったのだ」

　平三郎が兼吉を侮るように言った。

　兼吉は怒りのあまりわなわなと手が震えた。しかし、兼吉は唇を噛んでじっと我慢した。再仕官のためにはやるしかなかった。

兼吉と源蔵は奥州街道を白坂宿に向かって歩いて行くが、街道を往来する者はまったくいなかった。皆、戦が始まろうとしているのは知っているので、地元の者で外出する者はほとんどいなかった。旅人も危険な白河城下から出て行く者はいても他所から入ってくる者はいない。

「源蔵、薩長軍はこの間のいくさでそうとう警戒しているはずだ。ここは気を引き締めていかねばならんぞ」

兼吉が注意を促すと、源蔵も、

「わがった」

緊張した顔で応じる。

白坂宿は、奥州街道を江戸から来ると白河宿のひとつ手前で、八十軒ばかりの旅籠のある宿場だった。白河宿と同じように、おもに藩主が泊まる本陣を備え、本陣に次ぐ格式の脇本陣もおかれていた。それぞれの旅籠には飯盛り女やその他芸者やら何やらもおり、けっこう繁盛している宿場だった。

宿場は、上町、中町、古町の三つにわかれ、宿場の南と北の出入り口には柵門が据えられ、それぞれの町の境にも小柵と呼ばれる区切りの門が造られていた。庄屋とその下に町役人がおり、目明かしも一人おかれて宿場の治安が守られていた。

ふたりが街道の周囲にも気を配りながら白坂宿の北のはずれまで来ると、新政府軍の兵が通行人を検《しら》べる関門が見えた。関門の両脇にはこちらに向けて大砲が一門ずつ据えられている。その周りには銃を手にした兵が十数名ほど、厳重に警備しているのが見える。

「何者だ」

　ふたりはそこで止められた。

「へぇ、白河城下の旅籠の者です」

　兼吉が緊張しながら答える。声が少し震えるのを感じた。

「宿屋の奉公人か。このような時に、いったいどこへ行くのだ」

　長州藩の紋の入った陣羽織を着た兵士に訊問される。

「宿でつかうろうそくの買い出しに芦野までまいるところです」

　兼吉が腰を屈めながら答える。源蔵も兼吉にならって頭を下げる。

「ろうそくの買い出しに芦野までだと。どうして白河で買わんのだ」

　長州藩兵が兼吉たちに怪しむ目を向けてきた。

「へぇ、このところの混乱したご時勢で白河城下にお泊まりのお客さんが多かったもので、ろうそくが切れてしまいました。白河のろうそく屋はどこも品切れということで…。それでやむをえず、主の命で芦野まで買いつけにまいるところでございます」

　兼吉は冷や汗が脇の下を伝わるのを感じた。

「白河の宿屋に泊まっているのはどんな客だ」

　長州藩兵はさらに訊いてくる。

「会津藩をはじめとする奥羽諸藩の兵です」

嘘を言ってもすぐにわかってしまうので、兼吉は正直に答えた。しかし、兼吉たちが、新政府軍の敵を泊めている旅籠の奉公人とわかれば相手はどう出てくるかわからない。

「なに、会津藩の兵を泊めているだと」

案の定、長州藩兵が咎めてきた。

「へぇ、もうしわけありません」

兼吉は頭を下げているしかなかった。

（まずいことになったか）

兼吉は内心狼狽した。ほんの一瞬だったが、息の詰まるような沈黙があった。

「それで、兵の数はどのくらいだ」

ぎょろりとした眼でさらに問い詰めてくる。

「かなり大勢いますが、たしかな数まではわかりません」

分かっていても兵の数など敵に教えるわけにはいかない。

「ほんとうか！　嘘をつくとためにならんぞ」

長州藩兵が大きな声を上げて脅す。源蔵が青い顔をして心配そうに兼吉の顔を見る。兼吉の心の臓が早鐘を打ち始めた。

「兵は、旅籠だけで泊まりきれず、寺などにも泊まっているようですが、全部を数えることはできないのでわかりません」

長州藩兵が兼吉を睨みつけてくる。緊張した沈黙が続く。

兵が仏頂面で促す。

「ふん。通れ」

ようやく兼吉たちは解放された。兼吉と源蔵はぺこぺこと頭を下げて、足早に関門を通った。ふたりはしばらく無言で宿場の中を進んだ。

「いやー、無事にとおされでよがったない。どうなるごどがとひやひやもんだったべ」

源蔵が、関門から一町ほど離れた所まで来た頃、しきりに額の汗を手で拭って言った。このあたりまでくればもう大丈夫だろう。

「俺も胆をひやしたぞ」

兼吉もほっとした顔で答えた。背中の着物が冷や汗でべっとり張り付いている。しかし、まだ油断はできない。街道の両側の旅籠の前に出ている兵が、こちらに険しい視線を向けてくる。兼吉も源蔵もなるべく、兵たちを見ないようにして歩いていく。

宿場中程にある観音寺を過ぎた時だった。

「おーい、源蔵ではねえが。どごへいくー」

大きな声が右手の旅籠の方から聞こえてきた。声のする方を見ると、相撲取りのような大きな男が玄関先に立っている。隣には、薩摩兵の上官らしき者もいる。兼吉は、

「おまえの知り合いか」

源蔵に訊く。

「へぇ、相撲仲間の大平八郎という男です」

源蔵が兼吉に小さな声で耳打ちした。源蔵は馬方仲間で相撲を取っていたが、よその者ともやっているらしい。

「源蔵、まもなくいくさがおっぱじまるというんで、おまえらはどこぞにでも逃げるところが」

八郎がこう言うと、

「あーはっ、はっ、はっ」

豪快な笑い声を上げた。

「そうでねえ、芦野までろうそぐの買いつげにいぐどこだ」

源蔵が答える。

「そうが、それはごくろうなことだ。んでは、ひと勝負しているひまはねえな」

「わりぃげどそんなひまはねぇーない」

源蔵は右手を左右に振って言った。

「どんな男なんだ」

ふたたび歩き出すと、兼吉が小声で訊いた。

「もとはこごの宿場の宿屋のあるじだったのに、いまは村役人までやって、たいそう羽振りがいいみでだない」

「羽振りがいい？」

兼吉は怪訝に思った。

「若げぇころに仲間といっしょにお伊勢まいりにいった時に、なにをおもったが、京都に出で宮様につがえだどいうはなしだない。そのまま何年もたって、みんなが八郎のごどをすっかり忘れでいだら、去年の暮れに、たいそうりっぱななりをしてとづぜん宿場にかえってきだ。とごろが、かえってきだとだんに八郎は村役人になったんだど」

「なぜ村役人になれたのだ」

「やっぱこんなご時世なんで、宮様の七光りみでぇだない」

「うーむ。なるほどな」

兼吉はそんなものかと思った。朝廷の威光はこんなところまで及んでいるのかと、改めて感じるのだった。

そのまま歩いて行くと、宿場はずれの履物屋の前にきた。店の外に草鞋《わらじ》がたくさんぶら下がっていた。源蔵が顔馴染みらしく、

「おやじ、いそがしそうだな」

と声をかけた。

「薩長さまがら大いそぎで草鞋をおさめろどの注文で、ねる暇もねえ」

親爺が草鞋を編みながらぼやく。

「いったい草鞋をいくつおさめんだ」

兼吉が訊く。

「今日の晩までに七百もだ」

「そうか、それはたいへんだな」

兼吉はにやりとしながら親爺をねぎらった。

兼吉たちはしばらく歩き続け、宿場を通り抜けて境明神近くまできた。

「ここまでくればもう大丈夫だろう」

兼吉と源蔵はあたりを注意深く見まわして人がいないのを確かめると、街道から外れて山の中に身を潜めた。

「兵の数は草鞋の数からすると七百か。いずれにしろ、千人まではいないようだな」

兼吉は眼の端で素早く兵の数を数えていたのだった。

「大砲の数が多いない」

源蔵が言う。

たしかに同盟軍と比べると大砲が多く眼についた。しかも、こっちの大砲は新式で性能もよく威力がありそうだった。各々の兵が手にしている銃も同盟軍のものより新しいものが多かった。火縄銃など一挺もない。

（これは手強いな）

兼吉は、兵数は少ないが武器の威力は新政府軍の方が強力だと感じた。

「いそいで報告しなければならないぞ」

兼吉と源蔵は獣道を使って急いで白河城下に戻った。

二節

閏四月二十八日夕刻。

浄土宗龍水山常宣寺の本堂において同盟軍の軍議が開かれていた。各藩の兵が白河に入って以来何度か軍議はもたれていたが、これが新政府軍との戦を前にした最後の軍議であった。

本尊の阿弥陀如来を背にして総督の西郷頼母が床几に座り、隣には副総督の横山主税が座を占めている。同盟軍の各藩の代表は二人の前に居並んでいる。

皆が揃ったところで西郷が立ち上がった。

「同盟諸藩の重臣の皆さま方、大儀でござる。薩長軍は白坂宿に集結を終え、いよいよ一両日中には白河に攻め寄せてくるのは確実。われわれはなんとしても白河を死守せねばならない。よろしくお願いもうす」

西郷は、どこまでも己の意志を貫こうとする気概のある風貌と会津藩筆頭家老の重みを感じさせる。

「それではさっそく軍議にはいります。わが軍の兵数はおよそ二千八百あまり。それに対して敵の兵数は七百ほどのようです。四倍の兵力を有するわが軍の優位は明らか。よって作戦としては、正攻法により敵の攻撃を正面から受けて、これを撃退するのが最上策と考えます」

副総督の横山主税が、本堂内を照らす百目蝋燭の赤い炎に、紅潮した色白の頬を映えさせて言った。横山は緊張のためか、時折声がうわずった。

横山は弱冠二十二歳。会津藩の重臣横山家に生まれ、欧州に留学して帰って来た藩内きっての俊才である。細面で色が白くいかにも家柄の良い青年武将という印象を与える。

会津藩の最上席の家老である西郷の補佐として出陣してきたが、これは会津藩としてはきわめて当然とも言える人選であった。

だが、惜しむらくは二人ともこれまで戦の指揮をした経験がないことである。無難とも言える作戦は総督の西郷の方針である。

「ご一同、異存はござらんか」

横山が本堂内に控える各藩の重臣たちを見渡す。しかし、口を開く者は誰もなく、皆、押し黙っていた。

それぞれの藩内においての評定には慣れていても、このような各藩の代表が集まる評定は、白石の奥羽列藩同盟の会議以外にはなかったことである。まして、戦の評定などほとんどの者が初めてのことである。他藩の重臣に対する遠慮もあり、意見が言いづらい。

沈黙が続く。

「では、兵の配置について申し上げる。まず、白河城下の入り口は三カ所。南の奥州街道の入り口稲荷山、東の棚倉街道の八龍神、そして西の原方街道の立石山でござる。敵の主力軍が攻めてくると予想される稲荷山には、会津藩三隊、仙台藩三隊、棚倉藩の半大隊、それに新選組。八龍神には、会津藩二隊、仙台藩五隊、棚倉藩の半大隊、旧幕府純義隊。立石山には、会津藩二隊。このような配置でお願いしたい。本陣と後備えは、白河城に設ける。これでいかがでござろう」

　横山が額に汗を浮かばせて言った。

「わが藩は了解しました」

　仙台藩の大番頭坂本大炊が賛意を示した。続いて、

「わが藩もそれでけっこうでござる」

　棚倉藩家老平田弾右衛門も了解した。他藩の代表者も「諾」と頷く。同盟軍一の大藩である仙台藩と白河藩の旧藩主である棚倉藩が作戦を認めたとなると、他の藩もしたがわざるを得なかった。

　西郷も横山も安堵した表情を見せた。その時、

「お待ち下さい」

　声が上がった。

「大方はそのような作戦でようござるが、敵はなにしろいくさの経験が豊富な兵ばかり。一筋縄ではいかないと存じます。たとえば、敵の主力軍がかならずしも奥州街道から稲荷山を攻撃してくるとは限らないのではありませぬか。正面から攻めてくると見せかけて、他の入口から主力軍が攻めてくるやもしれませんぞ。その場合にはいかがいたしますか」

　旧幕府軍の純義隊の小池周吾であった。何度か戦場を経てきた小池らしい意見であった。

　これに対して横山が、

「それはもっともでござる。もし、まんいちどこかの口が敵に突破されるおそれが出てきた場合には、わたしが後備えの兵を率いて、どこへでも救援に駆けつける用意をしておりますのでご安心ください」

と答える。

「しかし、二つの口が同時に突破された時は、いかがされます」

小池が鋭く質問する。

「うむ、その時は、……」

横山は答えに詰まる。実際の戦ではあり得ないことではない。小池は厳しい視線を横山に向けた後、片頬を歪め皮肉そうな笑みを浮かべた。戦の経験のない若僧が、という表情だった。

「心配ご無用。まんいちの場合には、わたしが決死の覚悟で援軍を率いてまいる」

西郷が毅然と言った。

「小池殿、これでよろしいかな」

横山が訊く。

「たしかに敵の主力軍がどの口から攻めてくるのか、しかとはわからんが、いずれにせよ敵は少ない兵力を三分するゆえ、それぞれの兵力はさらに少なくなろう。であれば、多勢に無勢でわが方が有利なことは明らかです。この作戦でよろしいかと存じます」

仙台藩の坂本が付け加えた。

小池は何か言いたげだったが、腕を組んで真一文字に口を締めた。これ以上言っても無駄という表情だった。そのまま軍議が決したかに思えた時、後ろの席の方から声が上がった。

「この作戦には反対でござる」

新選組の山口二郎だった。皆が賛成している案に、真っ向から異議を唱える発言に、本堂内はいきなり凍り付いたような緊張が走った。

「斎藤、なにゆえ反対ともうすのか」

横山が訊く。表情に、苛立ちが浮かんでいる。

山口二郎は、実は新選組副長助勤や三番隊組長をつとめた新選組の幹部である斎藤一だった。白河では山口二郎と変名を名乗っていたが、斎藤一の勇名は皆知っていた。

斎藤が続ける。

「このような作戦ではいくさに敗れますぞ」

「無礼であろう！　敗れるとは。いったいなんの根拠があってそのようなことをもうす」

横山が色白の顔を朱に染めて怒りを露わにした。細い声が裏返る。わなわなと手も震えている。

「このままでは、敗れるゆえ、敗れると申し上げたまででござる。よくお考えください。白河城は、もともとが平城で堅固な備えのできない構えでござる。その上、先の戦で三重櫓も本丸も焼け落ちて、拠るべきものがありません。そのような城を本拠に縮こまっていてはいくさになりません」

　斎藤は静かだが場を圧するような表情で主張した。

　陰謀が渦巻き不逞浪士の跋扈する危険な京都で、新選組の幹部として数々の修羅場をくぐり抜けてきた斎藤には、えも言えぬ不気味な雰囲気が漂っている。とにかく威圧感があった。

「たしかに拠るべき建物はないが、堀も石垣もござる。それに、われらには敵の何倍もの兵力がある。城郭を本拠にそれぞれの入り口の防備を固めれば、よもや負けることはありえぬ」

　横山が落ち着きを取り戻して懸命に反論する。

「いくさは兵の数で決まるものではありません。あの鳥羽伏見の戦いでは、幕府軍一万数千に対して薩長軍はわずか四千ばかり。それでもわれらはいくさに敗れて今日にいたっている。敵の兵力を侮っては痛い目に遭います。敵は、兵数は劣っていても装備はすぐれているのです」

「なぜそのようなことが言えるのだ」

　横山が鋭い目をして訊く。

「何度も薩長軍と実際に戦っているからです。見たところわが軍の大砲は旧式でしかも数が少なすぎます。それに、銃も火縄銃をはじめ旧式なものばかりです。この武器の差はいくさを大きく左右します。そればかりではありません。敵兵の多くはこれまでに、それこそ蛤御門の変から鳥羽伏見、さらには江戸近辺や関東などで数々のいくさを経験しております。わが軍とくらべて格段に戦闘経験が豊富なのです」

斎藤が自らの経験をもとに話すと説得力があった。横山は何か反論しようとしたが言葉が出ず、口惜しそうに唇を噛む。

それを見た会津藩戦奉行、海老名衛門が口を開いた。

「そなたの考えは分かった。それではわが軍はどうすればよいというのだ。もうしてみよ」

新選組は京都において、会津藩預かりの立場であった。要は、新選組は会津藩の支配下にあったのである。そのため関東近辺の戦いで敗れた新選組が最後に頼ったのは旧主会津藩であった。流山で敗れてから、隊士は散り散りになったが、おもな隊士は会津に再結集したのであった。海老名は斎藤に対して、元上役と配下という関係で対応したのである。

「それではもうし上げます。前線にできるだけ多くの斥候兵を出して、敵の兵力や動きをさぐる必要があります。そうして、先日のいくさでやったように、敵に攻められる前にこちらから出撃して敵の出鼻をくじくのです。敵の態勢が整う前に、地の利にくわしいわれらの方から奇襲攻撃を加えるのがもっとも有効な戦い方です」

「偵察やら奇襲やら、なにかそなたの作戦は正々堂々としてはおらんな。そんな姑息ないくさはもってのほかだ」

海老名が斎藤の意見をこき下ろすように言った。

「なんと、私の策を姑息ともうされるか」

海老名のことばに、沈着冷静な斎藤もさすがに怒りの表情を顕わにした。

「それではもうし上げるが、会津藩の重臣方はまことのいくさというものをごぞんじない。

正々堂々というのは聞こえはよいが、結局はなにも策がないということではござらんか」

「なんだと、われらには策がないと申すのか。無礼千万。許さんぞ！　立場をわきまえろ。どこぞの馬の骨かもわからん浪士の集まりのおまえらに、将軍家の血を引く保科正之公以来のれっきとした親藩の家臣であるわれらが侮辱されるいわれはない」

海老名が血相を変えて怒鳴ると、刀の柄に手をかけて立ち上がった。斎藤も無言でゆっくりと立ち上がった。

「待て！　ふたりとも落ち着け」

西郷が立ち上がって二人を制した。

「小池殿と斎藤の意見はよくわかった。二人の考えは頭にいれておく。ただし、いくさがいつおこるかわからん今となってはこの作戦でいくしかない。後はいくさの情況を見て、臨機応変に対応するしかあるまい。よいな」

横山が二人の間に入って止める。

二人はしばらく睨み合っていたが、静かに刀から手を放して元の席に戻った。

三節

会津藩は、先日の戦で勝利をおさめ、それまで仙台藩が支配していた旧白河領を会津領とした。それを明確にするために、仙台藩領と記された藩境の傍示杭をすべて会津藩領と記されたものに替えたのだった。これからの戦の勝利も疑うことなく、今後も長く白河領を支配していく考えのようだった。二十九日の朝、会津藩より主の宗右衛門が呼び出された。至急、常盤彦右衛門の屋敷に来るようにとのことだった。兼吉も宗右衛門の供として常盤家へついて行った。

常盤家の大広間には、すでに城下の町役人と主だった町人が揃っていた。このような時期なので、一同は皆、何事かと不安げな表情をしている。兼吉たちお供の者は座敷の外の廊下で控えていた。

しばらくして、西郷頼母と横山主税が大広間に入ってきて上座に着いた。

「皆の者、大儀であった。こたびはわれわれの宿陣のために苦労をかけておる。礼をもうす。縁あってわが会津藩をはじめ奥羽諸藩の兵が白河を守ることになった。まもなくいくさがはじまるのはまちがいない。白河が薩長軍の手に陥れば、奥州の諸藩に攻め込んで来るのは明らか。そのためには白河をなんとしても死守せねばならんのだ」

西郷は力強く述べた。一同は緊張の面持ちで聞く。

「そこで、われわれは、苦労をかけておる白河城下の町役人一同と有力町人に対して感謝の意をあらわそうと思う」

西郷がここまで述べると、上座に控えていた会津藩士のひとりが、町役人と有力町人の名前を何人か読み上げた。

「以上の者には家臣取り立ての上、高百石を与えるものとする」

続いて何人かの名前を読み上げると、

「以上の者には高五拾石を与えるものとする」

と重々しく告げたのであった。

一同はそれぞれに驚きの声を上げ、互いに顔を見合わせた。

「これまで以上に忠勤に励んでくれ。よろしく頼むぞ」

西郷が言葉を添えた。

宗右衛門は那須屋に戻ると、兼吉と今後のことについて話し合った。

「いやー、ほんとにおどろいた。まさか会津さまよりご家来の末席に取り立てられた上に、五十石の禄をいただくとは思いもかけなかったことだ」

宗右衛門は驚きとともに喜びの気持ちを語った。

「おめでとうございます」

兼吉は祝いのことばを述べた。

「うむ。ありがたく、しかも嬉しいのは嬉しいのだが、なんとも複雑な気持ちもするのだ。褒美が阿部さまではなくて会津さまからというのが……」

宗右衛門が戸惑いの表情を見せる。

兼吉も同じ気持ちだった。先日の戦で会津藩が勝ったことにより元の白河藩領が会津藩領となったため、会津藩から那須屋が取り立てられるのは理解できる。

しかし、那須屋が本陣に格上げになることはまだ遂げられていない。それに、兼吉が会津藩から武士に取り立てられることはあり得ない。

その上、阿部家の白河再封はますます難しくなった。今は、白河は会津藩領となってはいるが、これから始まる戦の結果しだいではそれもどうなるかわからない。兼吉の心中は暗く複雑だった。会津藩側が敗れればすべては終わってしまうのだ。


「いよいよ、明日は大いくさになるぞ」

その日の夕刻、那須屋を訪れた平三郎が張り詰めた表情で言った。

「ええ。店の奉公人はすべて避難しましたので大丈夫です」

兼吉が答える。

那須屋の者は今日の昼のうちに、宗右衛門の家族も奉公人もすべて宗右衛門の実家である会津領福良の脇本陣後藤屋に避難していた。那須屋には留守を任された兼吉と源蔵だけが残っていた。

兼吉は危険だとは思いながらも棚倉藩の勝利のために必死だった。この戦に勝たなければ兼吉の再仕官の道も断たれてしまうのだ。

「いくさの勝敗はどうでしょう。同盟軍は勝てますか」

兼吉は不安気に訊く。

「同盟軍の兵数は敵のおよそ四倍。多勢に無勢の上に、白河城に拠る同盟軍には地の利もある。棚倉藩は藩士一同、わが方の勝利まちがいなしと確信している。重臣方は昨夜の評定の後、戦勝の前祝いの膳を食したほどだ」

「そんな悠長なことで大丈夫なんですか。たしかに兵の数は同盟軍の方が何倍も多いですが、敵の装備や武器のようすなどを考えると、そう安心もしていられないと思うのですが」

「そなたから聞いた敵の情報は重臣方に伝えたが、心配無用とのことだった」

「そんな……」

兼吉は落胆した。何のために危険を犯して白坂の新政府軍を偵察してきたかわからない。兼吉たちが探索してきた敵の様子を聞けば、棚倉藩はなんらかの対応をするものと思っていたが、そうではなかったのだ。あの敵の精兵ぶりと新式の武器を間近に見たら、誰もが同盟軍との差を感じて心配になるはずだ。直接見ていなければ危機感を持てないのは分かるが、それにしても戦に臨む姿勢があまりにも楽観的過ぎる。心配でならない。

「この分だと明日も雨になります」

兼吉は、しとしとと降り続く外の雨に視線を向けた。

「梅雨の時期だからな、雨は降るさ。それがどうした」

「雨だと火縄銃が使えません。同盟軍は火縄銃が多いのです。同盟軍はただでさえ、ゲベール銃やエンフィールド銃などの先込銃が多く、スナイドル銃などの新式の元込銃を持つ薩長軍にくらべて不利なのです」

兼吉は阿部家の家臣であった時には、足軽鉄砲隊を指揮する役目だったので鉄砲にはくわしかった。

「まんいち、雨で銃が使えなければ刀で斬り合えばよいであろう。こちらには新選組をはじめ内膳殿の十六ささげ隊などの剣術の達者な武士が大勢おる」

平三郎が反論する。

「聞くところによりますと、京の鳥羽伏見のいくさでは薩長軍の鉄砲に幕府の兵がさんざんにやられたと、新選組の隊士が話していました。鉄砲の威力はすさまじいのです。刀では勝てません」

心配な兼吉が食い下がる。

「少なくともわが藩は、大殿の方針で新式の銃を購入して、洋式の兵の訓練もしておる。それに、仙台六十二万石に、会津二十三万石がついている。まあ、大事はあるまい」

平三郎はまったく兼吉に耳を貸そうとしない。

正外が老中の地位に就いた元治元年（一八六四）、正外の命令で当時の白河藩は軍制の改革を行った。従来の甲州流の軍制から英国式の軍制に変えたのだった。

白河藩兵はそれまで一隊であったのを五隊に組み分け、それぞれの隊を三箇月持ちまたは六箇月持ちとし、当番と非番に分けた。新たに部屋住の次男、三男らを徒頭の手の者として召し抱え手当米を支給した。

ちょうどその頃、京都の蛤御門の変の後、白河藩兵は長州征討のために大坂に出兵したのである。兼吉も足軽鉄砲隊を率いて従軍している。

小銃はゲベール銃三三二挺、大砲はボート砲五挺などを用意した。軍服は、毛織り筒袖の上着に山形裁付《たっつけ》の細袴を着用した。簡便で動きやすい服装であったが、朝廷からは夷人仕立てとして嫌われた。そのくらい大殿は開明的であり、棚倉藩の軍備も奥羽の他藩と比べると進んでいたのであった。だが、とうてい新政府軍に及ぶものでない。

　仙台藩も会津藩も大藩ではあるが、薩長などと比べるとどうしても考え方が保守的で、新しいことには前向きではない。奥羽諸藩全体がそのような嫌いがある。賢い遣り手の平三郎でさえ奥羽諸藩の重臣たちと同じような考えだったのだ。

「兼吉、いずれにしろいくさは明日だ。いまさら何を論じてもはじまらん。わが藩の兵は二つに分かれて、八龍神と稲荷山に守備している。明日は、そなたは伝令役として、いくさの情況と敵の様子を逐一わしに知らせてくれ」

「伝令役だと。ふざけないでくれ。なんで俺が危険な戦場にまでいかなくてはならないのだ」

　兼吉は興奮して、思わず乱暴な口調で反論した。

「なにを！　謙之丞、いや兼吉。無礼であろう、その言い方は」

　平三郎が声を荒げて咎め、鋭い眼で睨んできた。兼吉は今まで平三郎には棚倉藩用人に対する丁寧な態度で接してきたが、つい怒りにまかせて昔の幼馴染みに対する態度になってしまった。しかし、理屈ではわかっていても兼吉は、昔の幼馴染みに上下の立場で相対することに納得しない気持ちをずっと抱えていた。それがこの理不尽な命令を受けて爆発したのだった。

「すまん、いや、もうしわけありません。ですが、わたしの探索の役目は、世情や薩長の情報をしらべて伝えることだけだったのでありませんか」

　兼吉は不満な気持ちをぐっと堪えて言った。

「兼吉、明日のいくさには奥州の命運がかかっているのだ。それに、同盟軍が敗れれば白河は薩長軍に占領されてしまうのだぞ」

「そんなことはわかっていますが、危険な戦場に出るのはいやです」

「なにも銃を持って戦えといっておるのではない。前線の後方でいくさを見ていてそのようすを伝えてくれればよいのだ」

「しかし……」

　どうしても兼吉は、武士でもない自分がそこまで危険なことをする気にはなれなかった。

「まんいちわしらが負ければ棚倉藩もどうなるかわからん。そうなったら、おまえの再仕官もなくなるのだぞ」

　平三郎が脅すように言う。

「そんな……」

　兼吉はことばに詰まる。

「薩長の兵も町人には手を出さんだろう。かえっていくさ支度の武士よりも町人のほうが動きやすい。やってくれ、兼吉」

　最後はうまく言いくるめられてしまった。

　兼吉は危険な戦場で探索活動をすることに躊躇《ためら》いがあるが、再仕官を考えるとやらないわけにはいかなかった。またしても平三郎に押し切られてしまった。

五章　白河大戦争

一節

五月一日未明。

兼吉と源蔵は、城下東方の八龍神に陣を敷いている棚倉藩兵の戦の様子を見届けるために、昨夜から近くの雷神山に潜んでいたのだった。白河城下の西の端から東の端までを貫く谷津《やん》田《た》川にかかる八龍神の橋から数丁手前のところにある山だった。

山の上に雷神神社があり、社殿の前に広い境内があった。その境内の東の端に立つと、白河城下の東方面がはるか阿武隈川の下流まで見渡せた。まだ薄暗かったが、八龍神を守備している同盟軍の陣形の輪郭が大よそつかめた。

昨日の夕方まで降っていた雨は夜半には止んでいた。東の空がうっすらと白くなってきたが、曇っているのであたりは薄墨を流したようにぼやけている。

じっと目を凝らしていると、突然、轟音が東の空を揺るがした。

「敵が攻めてきたど！」

源蔵が叫んだ。

兼吉は立木の間から身を乗り出したが、暗くて新政府軍の様子はよくわからない。

「撃てー！　撃てー！」

大声で同盟軍の兵の叫ぶ声が聞こえてくる。

敵は意外なほど早くに攻撃を仕掛けてきた。この時刻にここまで来るには、夜中のうちに白坂宿の陣所を出なければならなかったはずだ。昼間でもわかりにくい山道を夜中によく進軍できたものだと兼吉は驚いた。

（誰か道を知っている土地の者が案内したか）

新政府軍の攻撃は予想外に激しく、同盟軍は必死に応戦する。同盟軍陣地のあちこちで怒号が聞こえる。あまりにも未明早くから攻撃を受けて、態勢が整わず狼狽しているようだった。

しばらく双方が大砲を撃ち合ううちに、少しずつ明るくなってきた。橋の向こうの同盟軍の無数の黒い影が慌ただしく動く様子が見えてきた。大砲から黒い煙が上がり、鉄砲からもパーンという乾いた音とともに小さな赤い火が弾ける。

黒い服を着ている数百の同盟軍の兵の中で、戦国時代さながらの甲冑に身を包んだ集団が否応なしに眼に入ってくる。阿部内膳率いる十六ささげ隊だ。陣地内の一段高い所に立って采配を振るう内膳の緋色の陣羽織が鮮やかに翻っている。

十六ささげ隊は、鉄砲を放つ者が半分と弓を射る者が半分ずつだった。必死に矢を番《つが》えて射る光景は、勇壮ではあったが、周囲とちぐはぐで異様に見えた。

いよいよ双方とも一段と激しい銃砲の撃ち合いとなった。しかし、敵の銃砲の音の方がはるかに大きく、その数も多かった。同盟軍の主力軍は稲荷山を守備し、大砲も他の陣地よりそちらに多く配置してるらしく、八龍神口はやや手薄に見えた。最初は外れていた敵の砲弾が少しずつ狙いが定まってきて、同盟軍兵士の死傷者がみるみる増えている。大砲に吹き飛ばされた兵士の絶叫が聞こえてくる。

「このままでは危ねぇーな」

源蔵が眉を顰める。

「うむ。同盟軍はだいぶ苦戦しているな」

兼吉が応じる。

その時だった。ひと際大きな銃声がした。その瞬間、高台に立っていた甲冑武者がどっと後ろに斃れた。

「あっ、やらっちゃ」

源蔵が叫ぶ。阿部内膳が撃たれたのだ。周りの兵士が何人も取り付き、内膳を抱えて慌ただしく後方へ移動して行く。

(阿部様は大丈夫だろうか)

兼吉は強い衝撃を受けると同時に、内膳の身が案じられた。

天気は小雨模様だったがすでに夜は明けていた。

新政府軍は一気に攻め寄せてきて、両軍入り乱れての白兵戦となった。数人の敵に取り囲まれながら白刃を振るう武士がいた。

「あれは、牧田三之助様だ」

牧田は棚倉藩の武術指南役で藩内一の剣の達人だった。敵の兵が何人か斬り込んでいくが、そのつど三之助に斬られたり跳ね返される。そのうち恐れをなして誰も斬り掛かる者がいなくなり、敵兵は三之助を遠巻きにして銃剣を向けているだけだった。

しばらくして、斬り倒すことを無理と見た敵兵が銃で牧田を狙い撃ちにした。

「パン」

銃声がしたとたん、牧田が刀を手にしたまま前のめりに斃れた。

これを汐に、

「退けー！　退けー！」

同盟軍は撤退を始めた。同盟軍の三つの防衛拠点の一つが破られたのだ。

同盟軍の兵は八龍神方面から、本陣のある白河城へと退いて行く。その後を敵兵が続々と追走して行くのだった。

「源蔵、行くぞ」

兼吉は身の危険を感じて移動することにした。

兼吉たちは雷神山を降りて南側の山道に出た。そこから稲荷山に向かった。おそらく敵は八龍神から城下の表通りを西に向かって白河城を目指すはずだ。あるいは、谷津田川沿いに上流に向かって城下深く進攻するかも知れない。そうなると、稲荷山が南方と北方の両方から挟み撃ちされることになってしまう。

（いそいでこのことを稲荷山の陣営にしらせねば）

兼吉たちは、いったん南側の山道から稲荷山に続く山稜に登り、そこから尾根伝いに稲荷山に向かった。白河城下の南側にはなだらかな丘陵地帯が東西に流れている。その西のはずれの米山越の西側の斜面までようやく辿り着いた。眼下には奥州街道が左手から右手に走り、その向かいが稲荷山であった。南方から激しく砲弾が飛んでくる。おそらく稲荷山の同盟軍も苦戦しているだろうと予想された。

「源蔵、全力で走れ！」

兼吉たちは一気に山を下りて奥州街道を横切り、稲荷山の北側の斜面を登り始めた。かなり急な斜面だったが、低木や雑草に取り付き必死に登り切った。そうして、

「関様ー、関様はいずこですかー」

兼吉は声の限り呼ばわって、同盟軍の陣営の中から平三郎を捜した。その間にも、ドーン、ドーンという耳をつんざく轟音とともに砲弾が飛んできて近くに落下する。轟音が止んだかと思うと、今度は「ビュン、ビュン」と空気を切り裂く鉄砲の弾の音が聞こえてくる。兼吉は恐ろしくて足が竦むのがわかった。源蔵も身を屈める。

「ぎゃー」

絶叫とともに目の前の兵が吹き飛ばされ、飛び散った血が兼吉の身に降りかかってきた。

「ひっ」

兼吉は顔についた真赤な血を必死に手で拭ったが、情けないことに腰が抜けてしまった。兼吉は戦場の恐しさを身をもって知らされた。

あたり一面に硝煙が立ちこめて火薬の強い臭いが鼻をつき、息をするのも苦しいほどだった。その上視界も悪く、平三郎を探すことも難しい。兼吉が中腰できょろきょろとあたりを窺っていると、

「おまえら、こんなところで何をしている！」

近くの兵に怒鳴られる。見ると棚倉藩兵のようであった。

「関平三郎様に火急の用があってまいりました。関様にお取り次ぎを！」

兼吉が座ったままで答える。

「関さまにか。わかった。ついて来い！」

棚倉兵が案内する。兼吉たちがついて行くと、稲荷山の頂上から一段下の平場の陣地に平三郎がいた。

「おおー兼吉、よくここまでこられたな」

平三郎が驚いた顔で言った。

「八龍神口が敵に破られました！」

兼吉が悲痛な声で告げると、

「なんだと！　もう、八龍神口が突破されたというのか」

平三郎が眼を剥く。

「はい。敵兵が城下深く進入しています。天神町方面からもまもなく敵兵がこちらの稲荷山に向かって来ます」

「それは一大事！　では、そなたはこのことを城の本陣に伝えて援軍を要請してくれ」

というが早いか、平三郎は山の下に降りていった。敵兵が向かい側の小丸山の陣営から総攻撃をしかけてきたのである。奥州街道を濁流のごとくこちらに突進してくる。

兼吉はすぐに稲荷山を降りて城に向かおうとした。今しがた登ってきた北の斜面を降りようとした時だった。天神町の方から味方の援軍が数十人こちらに向かってくるのが見えた。すでに、白河城の本陣にも稲荷山の苦戦の報が届いていたのだ。

先頭は馬に乗った身分の高い武士だった。馬上の武士は、稲荷山の北斜面の下で馬を降りると、すぐにこちらに向かって登り始めた。その後を何人もの兵が続く。よく見ると、会津藩兵だった。皆、草を摑んで這い上がってくる。

兼吉がふと気付くと、向かい側の米山越の山の斜面に黒い人影がいくつか見えた。杉の木の陰に隠れているが、はっきりと敵兵だとわかった。

「敵兵です。早く登ってください！」

兼吉が大声で促す。会津兵たちは必死に這い上がって来る。先頭の身分の高い武士は頂上まであとわずかだった。

「パーン！」

大きな乾いた銃声がした。

「うっ」

身分の高い武士が呻くと、ずずーと斜面をずり落ちて動かなくなった。向かいの山にいる敵兵が狙撃したのだ。

「横山様！　横山様！」

後ろに続く兵が、次々に叫ぶ。

「横山様が撃たれたぞ！」

会津藩兵たちは大騒ぎになった。

撃たれた身分の高そうな武士は、会津藩副総督横山主税だったのだ。周りの兵が横山を介抱しようとするがもうすでに息はないようだった。やむなく、会津藩兵たちは横山を抱えて馬に乗せようとするが、次々と銃弾を浴びせられる。

そのうち、敵兵が向かいの山から下りて来るのが見えた。焦った会津兵は、横山の遺体を収容することを諦めたようだった。兵の一人が横山の首に刀を当て、体の重みで素早く押し斬った。そうして、すばやく横山の体から陣羽織を脱がせて大事そうに首をくるむと、兵はやおら横山の馬に乗って天神町の方に疾走して行った。

その後、奥州街道では敵兵と会津藩兵との斬り合いになった。

下に降りることができなくなった兼吉と源蔵は、東西に張り出した稲荷山が湾曲して北に流れる尾根伝いに北の方に向かった。その間にも流れ弾が体をかすめて近くの木の枝を撃ち落とす。生きた心地はしなかったが、とにかく危険な戦場から逃れるしかなかった。

二節

兼吉たちは、やっと稲荷山から続く尾根が切れる三番町まで逃れてきた。尾根から平地に下りると、城下西方から流れてくる谷津田川にぶつかる。いったん奥州街道に出て、橋を渡ろうとした時だった。

「あーっ、あーっ」

と、苦しそうな女の声が聞こえてきた。

兼吉は橋の下にけが人でもいるのかと思って橋の下に降りた。すると、そこには女が二人いたのだった。一人の女が地面に敷いたゴザの上に仰向けに寝て苦しそうに呻いている。もう一人の女が、呻く女の足の間を覗いていた。

「どうした。けがでもしたのか」

兼吉が声をかけると、

「嫁がにげる途中で急に産気づいて、うごげなぐなってしまいました」

姑らしき女が言う。

「そうか。それはこまったな」

兼吉もどうしてよいか分からず、戸惑った。嫁はますます苦しそうな声を上げる。白い足がはだけた着物の間から見える。

「どこぞに運んでやすませるか」

「どうやって嫁をはごんだらいいんだべか」

姑が困惑した表情で問う。確かに妊婦を背負うことはできない。

「すこし待っていてくれ」

兼吉はすぐに源蔵と橋の上に出て、街道沿いの一軒の家の玄関の戸を叩いた。返事はなかった。家の者はおそらく逃げてしまったのだろう。

「こんな時だ。やむをえない」

戸締まりもしてなかったので、兼吉はその家の雨戸を一枚はずしてふたたび橋の下に降りた。

「これに乗せてはこぶぞ」

兼吉が女達に言う。兼吉は源蔵と二人で嫁を戸板に乗せて橋の上に上がった。

その時、声がした。谷津田川の下流の方から土手伝いに新政府の兵が数人走って来るのが見える。兼吉は急いで戸板をはずした民家に入ろうとすると、

「なにをしておる」

兵の一人に見咎められた。長州藩兵のようである。

「この女の人が急に産気づいてこまっているというので、近くの家に運ぼうとしていたところです」

「なに、このいくさの最中に産気づいたというのか」

「二、三日前がら、いづ生まれでもおがしぐねえようだったので」

姑がびくびくした様子で答える。

「そうか。それは大変だな。おまえらは女の身内の者か」

兵士は兼吉に鋭い目を向けて訊く。浅黒く細面の精悍な顔をしている。

「いいえ。旅籠の奉公人ですが、逃げる途中でこの人が苦しんでいるところに出会ったもので」

兼吉が答える。

「ほおー」

やや不審そうな表情を見せる。嫁がまた苦しそうに呻くと、長州兵は、

「わかった。早く運んでやれ」

と兼吉に促す。

「はい」

兼吉が女を運ぼうとすると、

「ちょっと待て」

と兵士が呼び止めた。兵士は、

「これを持って行け。なにかあったらこれを官軍の兵にみせろ」

と言って、着ていた緋色の陣羽織を脱いで兼吉に渡したのだった。まんいち、新政府の兵に危害を加えられそうになった時には役に立つかもしれない。

「ありがとうございます」

兼吉は礼を言った。

(薩長にも情のある者がいるんだな)

兼吉は意外に思った。兵たちはすぐに城の方に向かって行った。兼吉と源蔵は女を運んで民家に休ませると、その家を出て天神町の西はずれまで来たのだった。天神町の西の山の上には天神様が祀られている天神神社があった。城下南方の稲荷山から続いている奥州街道はここから東に折れて白河城の大手門方面に向かうのである。

山の上の境内から東の方を見渡すと、城下が一望できた。

もう時刻は十一時を過ぎた頃だったが、城下は大混乱の様相を呈していた。すでに八龍神口が敵に突破されたばかりではなく、西の立石山の方も突破されたようである。敵兵が黒いかたまりとなって、次々に城下の中心に向かって侵攻して来るのが見える。火事の煙か、砲煙なのかよくわからないが、あちこちから幾筋もの煙が曇天に立ち昇っている。方々から銃声や怒号、叫び声が聞こえてくる。

逃げ惑う町人の姿も見える。同盟軍の兵士は敵の攻撃を予測して備えてはいたが、町人は必ずしもそうではなかったであろう。前もって近郷の村々の親類や知人のもとに避難していた町人もいたが、避難するあてが無い者やどうしても避難できない者も多数いたのである。

(いくさは負けだな。しかも、大敗だ)

兼吉は深く落胆し、体中の力が抜けるようだった。それこそ命がけで探索をしてきたが結局何もならなかったのだ。

「いや、ひどいもんだない。あっぢごっぢ死体だらげだ」

源蔵がため息をついて言った。

「ああ」

兼吉も力なく応じた。

「味方の兵の数の方が、敵兵よりもはるかに多いどきいでいだので、まさがこんなに簡単にやられるどはおもいもしねがった」

「そうだな」

兼吉も内心は悔しくてならなかった。もはや、同盟軍の敗戦は決定的だった。これですべては終わってしまったのだ。兼吉は言葉もなく茫然と眼前の光景を見つめていた。

しばらくして、

「いつまでもここにはいられない。那須屋にもどるぞ」

兼吉は気持ちを切り替えるように言った。

「わがった」

源蔵が応じる。

兼吉と源蔵は、注意深く神社の境内から奥州街道に降りた。そこから新政府軍の兵を避けて用心しながら中町の大手門の方に進んだ。向こうからは、城下の外に逃げようとする町人が続々とやって来る。時折その間を縫って、前線に向かう同盟軍の兵が駆け抜けて行く。

「おっ」

源蔵が叫んだと同時に前につんのめった。何かに躓《つまづ》いたのだ。見ると、胸から血を流した死骸だった。鉄砲に撃たれて死んだ同盟軍の兵士だった。白目を剥いた苦痛の表情が生々しい。兼吉は真っ青になって走り出した。源蔵が後を追いかける。

大手門の前は混乱を極めていた。前線で負傷した兵や生きているのか死んでいるのかわからないような兵が、続々と運び込まれて城の中に入っていく。その一方で、城の中からは前線へ援軍として出動していく兵が慌ただしく駆け出して来るので、両者が入り乱れて収拾のつかない状態だった。もはや平三郎から命じられた稲荷山への援軍の要請をする必要はなかった。

ひときわ高い馬の嘶《いなな》きが聞こえた。見ると、馬上には煌《きら》びやかな陣羽織を羽織った武士がいた。

「お待ちください、西郷様！」

馬の手綱を握って兵が必死に叫ぶ。馬上の武士は会津藩総督西郷頼母だった。馬は前に出ようと激しく暴れている。

「稲荷山の軍を救いにいかねばならんのだ。飯沼、手を放せ！」

西郷が怒鳴る。

「いいや、放しません。もう前線は壊滅状態です。おやめください」

「何を言う。稲荷山には大勢の同盟軍の兵が戦っておるのだぞ。見捨てるわけにはいかんのだ」

　西郷は揺れる馬上から真っ赤になって返す。

「西郷様が稲荷山に行かれて、万が一のことがあったら誰が同盟軍の指揮を執るのですか。総督が本陣を離れてはなりません」

　飯沼と呼ばれた武士が馬に引き摺られるような格好になって諌める。

「ええい、離せと言うに！」

　西郷は手にした鞭で飯沼が被る笠を撃つ。もはやこれまでと見た飯沼は、手にした手綱を馬からぶら下がるようにして引き締めると、全力で体を馬の尻の方に向けた。やむなく馬は体を捩るようにして前後の向きを入れ替える。その瞬間、

「えい！」

　と飯沼は気合いもろとも馬の尻に力一杯鞭をくれた。それまで大手門の外を向いていた馬は、西郷もろとも反対方向の城の奥の方に向かって疾走して行った。飯沼もその後について駆けだして行く。

三節

　那須屋は無事だった。中には誰もいなかった。外の喧噪がうそのように、店の中は不気味なほどの静けさだった。二人は台所で夕べの残り物を食べ始めた。

「今日は外に出るのは危険だ。今夜はここに泊まって、明日みんなのいる福良にいくことにするか」

兼吉が源蔵に言うと、

「そうするしがねぇーべない」

源蔵が応じる。

「昼間はいろいろありがとな。源蔵がいてくれてほんとにたすかった。俺ひとりではどうにもならなかった。これからもたのむぞ」

「いや、俺はなんにもしでね。兼吉サはいろいろ苦労してっがら、少しでも兼吉サの役に立てればどおもっているだけだ」

源蔵は余計なことは言わなかったが、人一倍思いやりのある男だった。兼吉はどれほど源蔵の存在が心強いか分からなかった。

外は相変わらず兵士の動きで騒がしかったが、昼過ぎには銃火の音も聞こえなくなった。戦闘はほぼ終わったのだろう。

夕方からは、続々と新政府軍の兵士が城下に入ってきて白河城を占拠し、そこに陣営を築いた。城内の建物や屋敷はだいぶ焼け落ちていたので、多くの兵は町中の旅籠や寺に宿営するようだった。

街道のおもだった辻々には見張りの兵が立ち、絶えず見回りの兵も巡回していた。

兼吉と源蔵は不安な夜を迎えた。兼吉は落ち着かない気持ちのまま床の中でうつらうつら

していると、

「こらー、なにをしておる！」

突然、外から怒声が聞こえてきた。兼吉はすぐに飛び起きて源蔵と一緒に玄関先に行くと、くぐり戸をわずかに開けて、その隙間から外の様子を窺った。

店の外では提灯を持った新政府軍の兵士数名が、一人の僧に向かって何やら詰問しているようだった。提灯の灯りに照らされた僧侶の顔をよく見ると、那須屋の数軒先にある長生寺の住職の快然和尚だった。

「賊の死体をどうする気だ！」

先頭に立つ兵が厳しい口調で問い詰める。

「寺にはこんで弔うのだ」

和尚が毅然と答える。

「なにー、賊を弔うだと。そんなことはゆるさん」

「どうして亡くなった者を坊主が弔ってはいかんのだ」

和尚も負けずに言い返す。よく見ると和尚の後ろには数人の男達が立っている。男達が手にする提灯の足元にはいくつかの死体が横たわっている。この死体を寺に運ぼうとしていたらしい。

「官軍に逆らって討たれた賊はそのままに捨て置けと言っておるのだ。どうしても言うことが聞けないというなら、そこの賊と同じになってもらうしかないな」

兵がいきなり刀を抜いて和尚の鼻先に突きつけた。すると、和尚の後ろにいた男達が、

「おおー」

という声を上げて手にしていた天秤棒を構える。よく眼をこらすと男達は町で時々見かける博徒らだった。

「忘れてもらっては困るが、わしらは同盟軍の兵だけでなく、あんたたちの仲間の仏も弔っておる。生きておるうちは敵と味方でも、死んでしまえば敵も味方もあるまい。皆同じ仏ではないのか」

和尚は一歩も退かずに兵たちを睨みつける。

「なにを小癪《こしやく》な！」

兵が刀を振り上げた。

「あっ」

兼吉は思わず声を上げた。すると、

「待て！」

新政府の兵たちの後ろの方から声がした。前の兵たちが振り向くと、声をかけた兵が前に出てきた。上官らしい。白い熊の毛の被り物をしている長州の兵だった。

「なかなか度胸のある坊主だな」

上官の兵が胸を反らして言う。

「わしらは毎日、仏を弔うのが仕事だからな。まんいち斬られて死んでもわしが弔った仏と

一緒になるだけだ。恐ろしくもなんともない。それに、あんたたちと違ってわしは誰も殺しておらん。だからまちがいなく極楽に行けるので安心して死ねる」

「ほう、そうか。それなら今すぐ極楽におくってやるか」

上官は薄笑いを浮かべて言った。

「それほどまでに言うならしかたない。やってもらおう。ただし、他の者にはいっさい手を出さんでもらいたい」

和尚はどっかと、その場に腰をおろして胡座《あぐら》をかいた。そうして、眼を瞑ると胸の前で掌を合わせ、大きな声で読経を始めたのだった。

それを見た和尚の後ろの博徒達が、手にした棒を強く握りしめて殺気立つ。今度は兵たちがいっせいに抜刀する。

（これは大変なことになる）

兼吉は心の臓が高鳴るのがわかった。緊迫した状況の中で、和尚の読経の声だけが闇の中に響く。

「はっ、はっ、はー」

いきなり上官が笑い声を上げた。

「おまえたちの覚悟はよくわかった。白河には、奥羽の弱兵などよりよほど胆のすわった者がおるものよ」

上官は感心するや、行くぞと、部下を促し去っていった。

「やれやれ」

和尚はおもむろに立ち上がって着物に付いた泥を払う。兼吉はすぐに、戸口から飛び出して行って和尚に声をかけた。

「和尚さん、危ないところでございましたな」

「おお、那須屋の兼吉さんか。さすがに薩長の兵も坊主までは殺さんと思っていた。自分が戦死した後、経をあげてもらう者がいなくなるからな」

和尚が大きな笑い声をあげた。すると、まわりの博徒達も、口々に新政府の兵の悪態をついて気勢を上げた。

「おまえさんたちのお陰で極楽に行くのがすこし先になった。礼をもうす」

和尚は合掌して頭を下げた。

「和尚さん、わたしたちにも弔いを手伝わせてください」

兼吉が申し出る。となりにいた源蔵も頷く。

「そうか、それは助かる」

和尚が快諾する。

「どうしてこの者たちが手伝っているのですか」

兼吉が和尚に訊く。

「昼のいくさのあと、たくさんの仏が通りに捨て置かれ、野ざらしになっているのがあまりにもむごたらしいとおもったのだ。見かねて弔いをしようと町の人たちに声をかけたが、怖がって誰も応じてくれる者はおらなかった。やむなく夜になるのを待って、この者たちに頼んだのだ」

「いつも和尚にはおせわになってますんで、これぐれえのことはなんでもねえーですよ」

博徒の中の親分らしき者が言う。

「この者たちは博打をする宿がなくなると、時々わしの寺の本堂をつかわせてくれといってくる。行き場がなくて、よそに迷惑をかけるよりはましだと思って貸してやった。もちろん寺銭は巻き上げておらんがな」

和尚が豪快に笑うと、博徒たちも爆笑した。

和尚はなかなか剛胆で人情味があり、博徒たちからも慕われているようだ。だから荒くれ博徒たちが、新政府軍の兵士には反抗してまでむごたらしい死体の弔いを手伝ったのだろう。ふつうの町人にはとてもできることではない。

「おい、はじめるぞ」

親分が声をかけると手下の者たちが死体を運び始めた。兼吉も源蔵と二人で死体を寺の墓地まで運んだ。すでに墓地にはいくつもの死体が並んでいた。ほとんどが同盟軍の兵士の死体だったが、新政府軍の兵士のものもいくつかあった。肩に縫い付けられた白い布切れにそれぞれの属する藩の旗印が書かれている。薩摩藩、長州藩、土佐藩、大垣藩などであった。

死体は大砲で吹き飛ばされたり、刀で切られたりして損傷の大きなものから、一発の銃弾で即死したらしきものまで様々だった。死体から流れ出ている赤い血は闇の中でドス黒く見える。ひとつひとつの死体ではそれほどでもなかったが、何十という死体を集めるとしだいに死臭が鼻をつくようになってきた。思わず嘔吐《えず》きそうになったが、唾を飲み込んで我慢した。

すべての死体を運び終えると和尚が、

「すまんが、墓穴を掘ってくれんか」

と言った。皆疲れていたが、

「へい、承知しました」

と親分が答えると他の者たちも、

「おおー」

と応じる。兼吉と源蔵も皆と一緒に墓穴を掘った。

翌朝、兼吉と源蔵は那須屋の者が避難している福良に向かった。本町から奥州街道を四辻まで行き、そこから北に折れて田町に進んだ。ところどころにまだ同盟軍の死体が横たわっていて不気味だった。いまさらながら戦の無惨さを感じる。昨日逃げ遅れた町人が兼吉たちと同じように奥州街道を北に向かって避難していく。新政府軍の見回りの兵にも何度か出会った。

兼吉たちが田町から向寺に行こうと、阿武隈川にかかる橋の所まできた時だった。

橋の上に三人の兵士が後ろ手に縛られ座らされていた。そのまわりを新政府軍の兵士が数人取り囲んでいる。三人の捕虜を斬ろうとしているところらしい。町の者も何人か遠巻きにして怖々と見ている。兼吉たちは驚いて立ち止まった。

「覚悟はいいか」

抜き身の刀を手にした兵士が叫ぶと同時に、まるで大根でも斬るようにして刀を振り下ろした。刎ねられた首が、欄干のない橋の上から真下の川の中に落ちた。梅雨時の雨を大量に呑み込んで濁った流れが、重く、くぐもった音をたてた。次の首も同じようにして落ちた。あとには、毒々しいほど赤い切り口を晒した二つの前屈みの胴が残った。

兼吉は背筋が冷たくなるのを感じた。血のついた刀を持った兵士が、無造作に二つの胴を川に蹴り落とすと、川面に赤い飛沫が上がった。

「まだ、子どもではないか」

兵士の一人が言った。よく見ると、残った三人目の捕虜は、幼さを残した顔をしている。おそらく十三か十四ぐらいだろう。眼をかたく閉じ、唇を噛んで震えながら必死に恐怖をこらえている。

「怖いか。命乞いをすれば助けてやってもいいんだぞ」

斬り役の兵士が、浅黒い顔に薄笑いを浮かべて言った。他の兵士も、

「ひっ、ひっ、ひっ」

と下卑た声で笑う。すると少年は、かっ、と血走った眼を見開き、

「ばかにすんな。は、はやく斬れ！」

女のような金切り声で叫んだ。

「おお、そうか」

と斬り役が言うや否や、三つ目の首が落ちた。

兼吉達は急いで橋を渡って向寺町に入った。

「薩長のやづら、むごいごどをしやがんない」

源蔵が怒りを含んだ顔で言った。

他にも大勢の捕虜になった同盟軍の兵士があのようにして斬り捨てられたのだろうと思うと、兼吉はいたたまれない気持ちになった。もしかしたら棚倉藩の昔の同輩や顔見知りの者もその中にいるかもしれない。

向寺町に入ると、何軒かの民家が焼かれているのが眼に入ってきた。真っ黒い焼け跡からはまだ白い煙が出ていて、火は消えずに燻っているようだった。焼け出された町民はどこに行ったのだろうか。武士同士の戦に巻き込まれた町人が大勢いるのだ。

おそらく同盟軍が城から逃げる途中で、新政府軍の追走を恐れて焼き払ったものであろう。同盟軍は同盟軍で罪もない町人に戦の犠牲を強いているのであった。

六章　奪還戦争

一節

戊辰戦争において、鳥羽伏見の戦い以来の激戦となった白河口の戦いが終わった。新政府軍の数倍の兵力を擁した奥羽列藩同盟軍は、新政府軍に大敗を喫し、白河城を奪われた。兼吉の不安は的中してしまった。

兼吉と源蔵は会津街道の勢至堂宿で一泊した後、無事福良に着いて宗右衛門や他の奉公人のいる後藤屋に入った。

会津藩兵は敗戦後の数日間、白河奪還を企図して白河近郊に陣を敷いていたが、すぐには白河奪還が無理だとわかると、いったん福良に退去したのだった。総督の西郷と会津藩重臣は本陣の福美屋に、各藩兵はそれぞれの旅籠に分宿していた。後藤屋には、宗右衛門のはからいで白河の時と同様、新選組も泊まっていた。

宗右衛門は、夕食時に山口隊長らの部屋に挨拶に行った。

「なにもないところでございますが、実家の者と一緒にできるかぎりのお世話をさせていただきますので、お気がねなく、なんでもおもうしつけください」

その後の新選組の世話は兼吉に任された。兼吉は膳を運んだり、隊士たちの用事にそなえて座敷の隅に控えていた。

「それにしても無念でならない。われらが危惧した通りになってしまった」

とっくに食事を終えていた島田は、大福餅をやけ食いしながら戦の様子を語り始めた。

「山口隊長の話では、軍議で旗本の小池殿が正面の稲荷山中心の防御では不安があるとの意見を進言したにもかかわらず、西郷総督と横山副総督は受け容れなかったという。薩長のやつらは、われわれの予想以上に両脇の入り口から強い攻撃を仕掛けてきた。これが大きな敗因だ」

島田は悔しそうだった。

「敵の動きを察知できなかったのも、前線にもっと斥候兵を多く出すべきだと主張したわれわれの意見を軽んじたからだ。だから敵のいいようにやられてしまったのだ」

中島が続けて言った。

新政府軍は奥州街道の入り口である南方の稲荷山を中心に攻撃してくると見せかけて、両脇の八龍神口と原方口を激しく攻撃してきたのだった。どちらも土地の者に道案内をさせたらしく、不意を突かれた形になった同盟軍は、すぐに両脇を破られ、城下深く新政府軍に侵攻された。たちまち、背後を取られた稲荷山が危険になった。それを見て、急遽後方から救援に向かった副総督の横山が、稲荷山の裏で銃撃されて命を落とした。

その他各藩の重臣が何人も戦死した。戦死者の数ははっきりとはつかめなかったが、七百人近くにもなるという。

「じつに激しいいくさだった。わが隊は稲荷山の陣にいたが、前方と後方から挟み撃ちのかっこうになり、危うく全滅するところだった。同盟軍も果敢に戦ったが、相手が一枚も、二枚も上手だった。相かわらず作戦は巧妙だし、兵の動きも俊敏だ。なによりも、大砲や鉄砲の性能が格段に違った。これは致命的だった」

島田は無念そうな表情をした。

「若い副総督の横山殿が戦死したのはいたましかった。そのほか会津藩は、軍事奉行海老名右衛門殿が戦死した。仙台藩も参謀の坂本大炊殿などの重臣をはじめ、かなりの戦死者を出した。そう言えば、棚倉藩の阿部内膳殿も華々しい最後をとげたらしいぞ」

中島が思い出したように言った。

(阿部さまは戦死されたのか)

兼吉は内膳が鉄砲に撃たれて斃れたのは見ていたが、やはり亡くなったのだ。あらためて残念な気持ちになった。

「あれだけ目立つ軍装で兵を指揮していれば、かっこうの的になる。内膳殿はおそらく死を覚悟しておられたのだろうな」

中島が内膳の死に敬意を込めて言った。中島は何やら紙に絵を描いているみたいだった。戦の様子を描き残しているのかもしれない。

兼吉は内膳の豪放な顔を思い浮かべた。あのように身分が高く勇壮な武士が、いとも簡単に命を落としてしまうのが戦なのだ。内膳以外にも、棚倉藩の戦死者の中には兼吉が知っている者もいるだろう。兼吉は胃の腑のあたりが重苦しくなるのを感じた。

「いま城下はどうなっているでしょうか」

兼吉が訊いた。

「もうすっかり薩長軍の兵に占領されておるはず。おそらくやつらのやりたい放題だろう」

島田が答えた。

白河は長く十万石の譜代大名の城下町として栄えてきた美しい町である。奥州街道に沿って隙間なく並んだ旅籠や町家、歴代藩主の菩提寺をはじめとする神社仏閣、春には華やかに町を彩る桜の銘木など。城下のどこからも雪を戴いた美しい那須連峰が望める。冬には強い西風が吹き荒れ、たびたび大火に見舞われたが、そのつど町は甦り、今日まで続いてきた。

その町が新政府軍の兵士によって踏み荒らされる様子が眼に浮かんでくる。先日は無事だった那須屋もその後はどうなったかわからない。もしかしたらその後の戦禍で灰燼に帰しているかもしれない。兼吉はいてもたってもいられない気持ちになった。

「同盟軍はいったん敗れはしたが、この地で態勢を立て直し、そのうち白河の薩長軍に攻撃をしかける。すぐに白河は奪い返して見せる。のぉ、山口隊長」

島田が山口の方に向かって言った。

「そうだな。散り散りになった同盟軍の兵も、順次結集してくるだろう。若松からも援軍が来る。いくさはこれからだ」

山口が力強く言った。

福良の軍が陣営を立て直している間に、奥羽諸藩に大きな動きがあった。五月三日に、すでに盟約が結ばれていた奥羽二十五藩からなる奥羽列藩同盟が正式に調印された。その三日後には、北越六藩も加わり奥羽越列藩同盟が成立したのである。

まもなく福良には、仙台藩をはじめとする奥羽諸藩の兵が続々と入ってきた。

棚倉藩は藩主正静とその家族が会津若松に入り、福良には平田家老が率いる藩兵の主力軍が逗留していた。その中には平三郎もいた。激戦地の稲荷山で別れて以来だったが、平三郎は無事、稲荷山の激戦地から脱出していたのだった。

兼吉は棚倉藩の宿舎にいる平三郎から呼ばれた。

「予想だにしなかった結果になってしまった。まさかこたびのいくさであのような大敗を喫するとは。いまだに信じられん」

平三郎は窶れきった顔で言った。兼吉は無言で頷くだけだった。

「わが藩は阿部内膳殿をはじめ十八名もの戦死者を出した。藩としては大きな痛手だ。それにくらべて薩長の方の戦死者はほんのわずからしい。いったいこれはどういうことなのだ」

平三郎は困惑した表情で悔しさを滲ませた。

「後藤屋にいる新選組の方々のおはなしでは、やはり同盟軍の作戦が拙《まず》かったということでした」

兼吉が平三郎を気遣いながら言った。

「今おもえばたしかにそうだな。われわれは兵の数の多いことですっかり油断してしまった。いくさの前の評定のおりに、稲荷山中心の防御を危惧する意見が出たにもかかわらず、対策をとらなかった。そのために敵に裏をかかれてしまった」

平三郎はくちびるを噛んだ。

「もっと斥候兵を多く出して敵の動きをつぶさにつかんで臨機応変に対応しなければならなかったのだ。おまえが探索してきた情報をもっと活用すべきだった。正直、後悔している」

自信家の平三郎がすっかり弱気になり、めずらしく己の否を認めた。それだけ苦境にあるのだろう。

「はじめて薩長軍といくさをしてみて、恐ろしいほど強いことを身をもって知らされた。おまえの心配したとおりだったな」

兼吉の思いをようやく平三郎はわかってくれたようだ。

「白河はなんとしても取りもどさねばならない。兼吉、白河の敵のようすをさぐってきてくれ。頼む」

平三郎は必死の様子だった。兼吉の気持ちの中には、危険な白河城下に戻ることに迷いがあったが、平三郎のなりふり構わぬ態度を眼の前にしては断ることができなかった。兼吉の中にはなんとしても白河を取り戻したいという強い気持ちが生じていたので、

「わかりました」

と快諾したのだった。

二節

福良から白河までの会津街道の要所、要所には同盟軍が駐屯していたが、街道から城下へ入るところでは新政府軍が守備していた。そこで兼吉と源蔵は薩摩藩の兵士に誰何《すいか》されたが、白河の町人だと言うと通された。

町の中に入ると、激戦の傷痕がいたる所で眼に付いた。戦火で無惨に焼けた家、砲弾で破壊された家、明らかに戦の後に略奪された跡だとわかるものもあった。わずかに店を開けている商家もあったが、ほとんど表戸は閉められ、歩く人も少なく町中はひっそりとしていた。

「兼吉サ、那須屋は無事だったない。よがった」

本町の入り口で源蔵が、興奮した声を上げた。

戦闘はおもに城下の入口近くで行われたらしく、大手門前の中町や本町あたりはあまり戦火の被害を受けなかったようだ。ほとんど兼吉たちが白河から出た頃のままだった。

兼吉は店の前に立ち、那須屋の看板を感慨深げに見上げた。檜の板に書かれた文字が雨に濡れて黒々と見える。

（よく無事だった。ほんとによかった）

兼吉は、宗右衛門と千代の安堵する顔を思い浮かべた。

玄関や表戸は板を打ち付けてから避難したので、固く閉ざされたままだった。だが、兼吉

が安堵したのもつかの間、中に入ろうと店の裏手にまわると、

「これはひどい」

思わず大きな声が出た。店の裏手にある二つの蔵の扉の鍵が壊され開いたままになっていた。入口あたりには中から引き出された物が散乱している。客用の茶碗が何十と割られ、食膳の什器、しまっておいた浴衣など、ありとあらゆる物がぶちまけられている。火をつけて燃やされたようなものもあった。

急いで中を覗くと、中はもっと無惨だった。物を並べた棚や箱はめちゃくちゃに壊され、足の踏み場も無い。金目の物や必要な物を持ち去り、それ以外の物は投げ捨てていったのだ。主に食べ物を入れておいた隣の蔵は様子が違った。去年の秋に買っておいた米俵はすっかり持ち去られ、味噌桶や漬け物桶などは影も形もなかった。よくもこう、きれいに運んだものだと感心するほどすっからかんだった。

勝手口から店の中に入ってみると、意外にも中は無事だった。梅雨時に閉め切っていたのでひどく黴臭い。それでも兼吉はほっとした。少しぐらい家財を略奪されても建物が無事ならまたいつか商売ができると思ったからだ。

兼吉と源蔵が片付けをしていると、

「兼吉さん、無事だったか。店の他のひとたちはどうされている」

坂田屋の治兵衛だった。

「これは坂田屋さんのご主人。おかげさまで、那須屋の者はみな無事に福良に避難して元気

にやっております。わたしと源蔵が店の様子を見にきたところです」

　兼吉が丁寧に答える。

「そうか。それはよかった」

「坂田屋さんはいくさの後はどうなされたんですか」

「店の者ととなり村の親類の名主の家に避難していたのだが、いくさが終わった次の日にはもどってきたよ。商売が大事だからな。いま、店には薩長軍の兵士が泊まっていて、てんやわんやのさわぎだ」

（それでは志づも戻っているのか）

　兼吉は安心した。

「そうでしたか。もうご商売を再開されていたのですか。那須屋はこのありさまなので、商売をはじめるまでには少し時間がかかりそうです」

「誰もいない店はどこもおなじようだな。焼き払われなかっただけでも幸いと思った方がいいだろうな」

「ええ、そうですね」

　兼吉もそう思った。

　治兵衛が帰った後、兼吉と源蔵が蔵の掃除をしていると、揃いの法被を身にまとった数人の若衆の一団がやってきた。背中に赤字に白く「本」の字が染め抜かれた法被を羽織っている。提灯祭りの装束だった。先頭の若衆が、

「何がかわったことはねえが」

と声をかけてきた。那須屋の数軒先の旅籠の手代だった。

「ええ、この通り蔵は荒らされているが、店はなんとか無事のようだよ。みなさん方は」

兼吉が訝しげに訊く。

「いまのところいくさもなく落ち着いているが、なにがとぶっそうなんで、仕事の合間に祭り組の連中が交代でそれぞれの町内を見まわっているとごだ。官軍の分捕りを止めることはできねが、どさくさに紛れて泥棒をはたらぐやづをふせぐごとはできる」

「それはご苦労さん」

よく見ると若衆たちは、手にそれぞれ祭り提灯を掲げている。夜まで見回りを続けるのだろう。提灯には本町の「本」と「壮者」の文字が墨で黒々と書かれている。祭りの役には厳しい上下関係があり、統制のとれた祭り組の見回りなら町民も安心だろう。

「数日前に常盤屋の主の彦之助さんが薩摩の兵に斬られたごとは知ってっか」

「えっ、あの常盤屋さんが斬られたのかい。なんでまたそんなことに」

兼吉は驚きで心の臓が、ドキリとした。

「仲間の者が、薩摩の兵が話しているのを小耳にはさんだとごでは、常盤屋さんが阿部さまに献金したり、奥羽諸藩に情報を流していたんで処罰されたみでだ。みせしめに、首が大手門前に晒されてっつぉ」

「なんということを……」

兼吉は背筋に寒気がするのを感じた。

「とにかく気をつけだ方がいいべ。薩長軍にはなにをされるがわがらねがらな」

若衆達は、こう言って去っていった。

兼吉は店の片付けにひと区切りをつけると、翌日から町中の探索に出た。兼吉が白河に戻ってきた本来の目的は、店の片付けではなく白河の新政府軍の情報を集めることだった。

兼吉と源蔵はまず白河城の近くに行ってみた。

大手門はそのままだった。門の前には見張りの兵が数人、銃を手にして立っていた。時折、ひと塊の兵士の集団が慌ただしく出入りしている。中の様子まではよくわからなかった。見たところ、新政府軍の兵数はそんなに増えてはいないような感じがした。ひと通り、町中を歩いた後、城下を一望できる天神山に登ってみた。

「城下はすっかり変わっぢまったない」

源蔵がため息をつきながら言った。

「そうだな」

兼吉も力なく応じた。

小振りながらも城下の真ん中に凛として聳えていた三重櫓はすでに前の戦いで焼け落ちてしまっていた。そこには土台の石垣だけが無惨な姿を晒しているだけだった。

あれほど賑わっていた奥州街道は人の往来がほとんどなかった。町が死んだようになってしまった。

（なんとかしなければ）

兼吉は心の中で決意した。

三節

兼吉は福良に戻ると、すぐに後藤屋の平三郎の部屋に行って白河の状況を報告をした。

「白河のようすはどうだった」

平三郎が待ちかねたように訊いてきた。

「町家はあまり焼かれてはいませんでしたが、金品その他の略奪がかなりありました。なんといっても、同盟軍の戦死者の骸《むくろ》が路地や川の中に投げ捨てられたままになっているさまは、ひどいものでした」

兼吉は、戦後の城下の惨状をつぶさに話した。

「そうか。して、薩長軍のようすはどうだった」

平三郎は、自分が生まれ育った城下のことよりも、敵の動きの方が気になるようだった。

昔の平三郎は、友や家族を思いやる気持ちのある男だったはずだ。いつから変わってしまったのか。地位が人を変えてしまうのか。兼吉の頭の片隅に、ふとそんなことが浮かんできたが、今はやむを得ないことと思って、すぐに平三郎の期待していることを答えた。

「わずかの兵で、城下の守りをかためるのがやっとのようです。まだ、こちらにまで攻めてくるようすはありませんでした」

「援軍がくるようすはないか」

「はい、いまのところはそのような情報は聞いていませんでしたので、大丈夫のようです」

白河を占拠した新政府軍はわずか七百ばかりで、白河を守備することで精一杯のはずだった。当分、次の進撃態勢に入ることはないだろう。

江戸が無血開城された際に戦は起こらなかったが、新政府軍に屈服することを潔しとしなかった旧幕臣などが、彰義隊を結成し上野の山に立てこもって抵抗しているという話が伝わってきている。新政府軍がこの彰義隊を鎮圧するにはまだ時間がかかりそうだった。

日光方面では、旧幕府陸軍奉行の大鳥圭介が率いる一隊が攻勢を見せており、越後では長岡藩が新政府軍に抗戦していた。このような状況の中では、新政府軍がすぐに白河へ増援の兵を送ることは難しいであろう。

「何か動きがあれば、白河に残してきた者から知らせがくることになっています」

兼吉は白河に源蔵を残してきたのだった。

「そうか。武士が城下に出入りすることは難しい。町人のおまえが頼りだ。これからますます戦況が複雑になる。しっかりやってくれ」

兼吉は平三郎の町人ということばにひっかかりを覚えたが聞き流した。だが、平三郎が兼吉を見下しているのは明らかだった。

「承知しました。しかし、はたして白河はとりもどせるのでしょうか」

「うむ。薩長の兵が精鋭ぞろいで武器もわれわれのものよりはるかに性能が高いということがわかった。白河を奪還することは容易ではないことは確かだ」

平三郎は厳しい表情をした。兼吉も同感だった。稲荷山での戦闘の恐怖がよみがえってきた。

「だが、なんとしても白河は取りもどさねばならんのだ。それには奥羽の諸藩が一致団結する必要がある。いまここには、会津からの増援兵をはじめ奥羽の兵がぞくぞくと集まってきている。白河の時の兵の数倍にはなろう」

兼吉も福良に戻ってきて一番感じたことは兵の多さだった。どこの旅籠も満杯で、泊まりきれない兵は近くの百姓の家に泊まったり野宿している者もいるようだった。おそらく兵は一万を越えるのではないかと思われた。

「もちろん。兵の多さだけではいくさは勝てない。これは先日のいくさであきらかだ。やはり各藩がしっかりと連携をとり、綿密な作戦をたてることが必要だ。それができれば白河を取りもどすこともかならずできるはずだ」

平三郎は自信を漲らせた。

兼吉は平三郎への報告を終えると、主の宗右衛門に白河の様子を伝えに行った。部屋には宗右衛門の兄の重右衛門もいた。兼吉が部屋に入るとすぐに千代がみんなに茶を淹れてきた。しばらく千代を見かけないうちに、表情にも挙措にも大人びた感じが増してきて、眩しい気がした。年頃の娘は成長が早いのだろう。千代は茶を置くと、そのまま座に加わった。

「ごくろうさん。で、白河城下と店のようすはどうだった」

宗右衛門は心配そうに訊いてきた。

「五月一日のいくさはたいへんなものだったので、白河城下もひどいことになっているかと思いましたが、それほどではありませんでした。もちろん、那須屋も無事でした」

「そうか、それは良かった」

宗右衛門は満面の笑みを浮かべた後、心から安堵した表情を見せた。店のことがよほど心配だったのだろう。

「ただ、蔵が荒らされ、中の品物がだいぶ盗まれていました。薩長のやつらは分捕りと称して、どこのいくさ場でも略奪をしているようです」

「ひどい話だ。だが、店さえ無事ならなんとでもなる。そのくらいですんだのなら、不幸中のさいわいとおもうべきだろうな」

宗右衛門は自分自身を納得させるように、うん、うん、と頷いた。そうでもしないと怒りがおさまらないのかも知れない。

「城下の町家も思っていたほどは焼かれてはいませんでした。むしろ、城下のまわりの村々が焼かれているのが眼に付きました。それと、町の通りにはいくさで死んだ兵士がそのままに捨て置かれ無惨なものでした」

「いくさとはむごいものだの。徳川さまの世になってからというもの、いくさはまったくなかったし、白河もずっと平穏であったのにな」

宗右衛門は悔しそうな表情をした。

「痛ましいできごとがありました」

兼吉が厳しい顔で告げた。

「痛ましいできごと、というと」

宗右衛門も表情を硬くした。

「常盤屋さんが薩摩の兵に殺されました」

「えっ、それはほんとうか」

宗右衛門は、眼を剥く。千代は、えっと、声を上げて真っ青になってしまった。

「店のかたづけをしていたときに、祭り組の若衆が見まわりに来て、常盤屋さんのことを話してくれました。六日の夜のことだったそうです。夜中に薩摩の兵がふたり常盤屋さんの家に来て、主に用があるからと言って連れ出して行ったそうです。そうして、裏の通りで常盤屋さんを後ろから斬り殺したということなんです。なんでも、常盤屋さんは棚倉の阿部さまが白河にいた時に、多額の献金をしていたことを咎められたということでした」

「なんということだ。そんなことで闇討ちにされるとは」

宗右衛門は驚きと同時に怒りの色を浮かべた。

常盤屋はかつて白河藩主だった阿部家から問屋役を命じられていた。問屋役とは白河宿の助郷の人馬の差配や年貢や商品などの輸送をおこなう仕事だった。かなり手広い商売で、人が羨むほどの繁盛ぶりだった。

そのため常盤屋は阿部家に毎年多額の献金をしていて「阿部の常盤か常盤の阿部か」と城下では評判だった。阿部家に多大な貢献をしてきたことは確かであろう。

「そればかりではないのです。ひどいことに、常盤屋さんは殺されたばかりでなく、見せしめに首が大手門の前に晒されていたということでした」

「なんという、そんなことまでされたのか。薩長は恐ろしいの」

宗右衛門は色白のふくよかな顔を蒼白にした。千代もますます表情を硬くした。

「ええ」

「それで、常盤屋さんの首は今でも晒されているのか」

「いいえ、誰かが夜中に首を持ち去ったそうです。うわさでは、常盤屋さんを不憫に思った者が供養したのだろうといわれてます」

「うむ。それは良かった」

宗右衛門は安堵の表情をした。

「しかし、そのようなことをして、大丈夫だったのか」

「その後とくに処罰された者もいないようです」

「それならばよいが。兼吉、これからの探索にはよほど気をつけねばならないよ」

「ええ」

兼吉も覚悟するように答えた。

「兼吉、ほんとに気をつけてね。おまえの身になにかあったら……」

千代が最後は消え入るような声で言うのだった。ほんとうに兼吉の身を案じてくれていることがその様子から伝わってきた。兼吉は今まで見たこともなかった千代の態度に何とも言えない感情を覚えるのだった。こんなことは初めてだった。

「兼吉さんの情報は会津藩の方にもつたえさせてもらうよ」

それまで黙って兼吉たちの話を聞いていた重右衛門が口を開いた。重右衛門は宗右衛門の兄で、会津藩より探索の役目を命じられていた。

「わたしはいま会津藩の会義隊に所属しながら探索の仕事をしているんだよ」

「会義隊といいますと」

兼吉が訊ねる。

「会義隊というのは、会津藩が町人や百姓から募集して編成した兵隊だよ」

宗右衛門が答える。

「会津藩は薩長とのいくさにそなえ、今年の三月に軍制改革をおこなったんだ。従来の長沼流から洋式の軍制にした。まず、藩士の正規軍を年齢別に分けた。若いほうから白虎、朱雀、青龍、玄武の各隊だ。これがおよそ三千の主力軍だ。しかし、これでは足りないということで、あらたに町人と百姓からも兵が募られ三千の会義隊がつくられたのだ。そのほか、猟師隊と力士隊というのもあり、会津藩は全部で七千の兵がいる」

重右衛門は自信に満ちた表情で言った。

「七千の兵ですか。それはすごい。それだけいれば十分に白河の薩長軍と戦えますね」

兼吉は驚いた。重右衛門は町人であるにもかかわらず、探索ばかりか会義隊に入りこれから薩長と戦おうとしているのだった。

「数ばかりではなく中味も変えたんだよ。外国の商人から鉄砲を買い入れ、江戸を退去する際には幕府の大砲も少し持ち帰ってきた。そうして、旧幕府の陸軍歩兵指図役や砲兵指図役を会津に招いて訓練をおこなってきたのだ」

「ほう、そんなことまで」

兼吉はあらためて会津藩の軍備について知った。

「ただ、残念なことに十分に訓練をおこなう前にいくさが始まってしまった」

重右衛門が悔しそうに言った。

四節

新政府軍は、五月一日の戦いで白河を占拠したが、兵力不足で同盟軍を追走して殲滅するまでには至らなかった。

白河の地は、奥羽最南端の交通の要地であり、街道が東西南北あらゆる方面に四通五達している。また、白河城の城郭自体は小規模であったが、本丸を中心とした外堀までの城域は方一里と広大であった。関東方面からの増援兵もすぐには望めず、精兵とは言ってもわずか七百あまりの兵数では防御するのが精一杯であった。

一方同盟軍は、いったんは戦に敗れて敗走したが、なんとしても白河を奪還すべく、白河近郊に兵を進めて包囲陣を敷いていた。各藩、各軍がそれぞれに何度か白河を攻撃したが、大した戦果を上げることはできなかった。

そこで同盟軍は、五月二十五日に白河北方の須賀川に各藩の代表者が集まり軍議を開いて、白河奪還の作戦を立てたのであった。

戦闘の合間を見はからって兼吉は宗右衛門や那須屋の奉公人たちと白河に戻ってきた。その兼吉に平三郎から、二十六日に同盟軍による白河総攻撃が行われるという知らせがもたらされるとともに、新政府軍の防御の布陣を調べて報告するようにと命じられた。

兼吉は大手門から出て行く新政府軍のようすを見ていたり、城下へのいくつかの出入り口を守備する兵数のおおよそを調べて平三郎に報告した。危険な役目ではあったが、兼吉は慎重に動いてなんとかやり続けた。後は、棚倉藩をはじめとする同盟軍の勝利を願うばかりであった。

五月二十六日。

兼吉はまだ夜の明けないうちに城下西方の立石山の頂きにある小さな御堂に潜んだ。ここからは、日が昇って明るくなれば、白河城下の西の端から白河城下全体が見渡せるのだった。眼の良い兼吉ならばかなり遠くまでの戦況を観察することができる。

雨の降る中、夜明けとともにあちこちから銃砲の声が聞こえ始めた。白河城下の西の入り口である米村口と原方口を守備するのは薩摩藩兵と大垣藩兵だった。兼吉は新政府軍の各藩の旗印はすべて覚えていた。

　この二つの入り口を攻撃してきたのは会津藩兵であった。会津藩兵は二つの街道をいくつもの塊になって旗差し物を立てて進軍してくる。これは薩摩藩二番砲隊の絶好の餌食となった。最初のうちは照準も定まらず会津藩兵の集団に命中する度合は低かったが、次第に精度を高めて会津藩兵を次々と吹き飛ばすようになった。

（このようないくさのやり方ではとうてい薩長軍から白河をとりもどすことはできないな）

　兼吉は戦闘の様子を御堂の壁の上の窓から見ながら歯痒い気持ちだった。

　一方、平三郎は棚倉藩兵を率いて城下東方の棚倉口を攻撃していた。この方面の攻撃に加わったのは、棚倉藩の他に幕府純義隊、会津藩、仙台藩、相馬藩であった。

　それに対して守備するのは長州藩二番隊と忍藩のみであった。兵力も大砲の数も圧倒的に同盟軍が上回っていた。

　平三郎は兼吉から新政府軍の防御の陣営の様子を聞いていたので棚倉藩の重臣に作戦を進言していた。その重臣を通して他藩の指揮官との連携をとっていたのである。

　同盟軍は地理にくわしいので、城下の東にある桜町の東端から南湖までの長い地域を広く攻撃して防御側の穴をつくって突破しようとした。同盟軍の各兵は桜町から南湖までの丘陵地帯をよじ登り、山頂を越えて陰の谷の方の新政府軍に迫ろうとした。それに対して、雷神山に砲台を据えた忍藩兵が砲撃を加えてくる。そのため、丘陵地帯を乗り越えてもその先には容易に進めなかった。

そこで同盟軍は、谷津田川に沿って守備している長州藩兵を攻撃しようとした。だが、同盟軍が隊形を整えて長州藩兵に銃撃を開始する直前に強い雨に襲われた。そのため、同盟軍の各藩の銃は火縄銃が多かったので、発砲できなくなってしまった。

ところが、兵数の少ない長州の方は後装のスナイドル銃が多かったので、強雨をものともせず、次々と同盟軍を狙い撃ちにしてくる。同盟軍の方も、火縄銃以外の少数の使える銃で必死に応戦する。戦闘は膠着状態となった。

そのうちに、稲荷山を守備していた薩摩二番隊が棚倉口の戦闘の状況に気付き、長州藩兵の援護にまわってきたのである。同盟軍はいちおう攻撃側で新政府軍が防戦している形ではあったが、実際は同盟軍が攻めあぐねて苦戦していたのだった。そこに、脇からふいに薩摩二番隊に攻撃を受けると、形勢は一気に新政府軍に傾いた。

忍藩の大砲の精度が増し、受け身だった長州藩兵が攻勢に転じてきた。こうなると同盟軍は全滅の恐れも出てきたので、もう一度丘陵を登り返し、必死に撤退しなければならなくなった。平三郎らが棚倉街道を二里ほど撤退してひと息ついた頃には多数の戦死者を出していた。

同盟軍の主力軍が攻撃を加えたのは、城下北方からの奥州街道の入り口だった。ここは仙台藩が中心となって、そこに会津藩が一部加わるという編成だった。

こちらの方面は、薩摩藩と大垣藩が阿武隈川を越えた向寺に関門を設け、その両側の丘陵地帯に陣地を築いた。さらに向寺の東の富士見山にも砲台を据えて守備を固めていた。

同盟軍はこの方面がもっとも兵数が多かったので、正面から強行突破をする作戦だった。

同盟軍の砲兵は向寺の関門を砲撃し、歩兵の進軍を援護した。これに対して富士見山の上から大垣藩兵が砲撃してくる。なんとかこれを阻止しようとして仙台藩兵が富士見山を登っていく。ところが、大垣藩兵は大砲ではなく鉄砲で応じてきたのである。どうしても下から山に登っていく仙台藩兵の動きは遅くなる。そこを見晴らしの良い山の上から狙い撃ちにしてくるのであった。

同盟軍は圧倒的な兵数であったが、これを有効に駆使して攻撃し切れなかった。指揮官も無策と言わざるを得なかった。そうこうしているうちに、薩摩藩の六番隊と五番隊が援軍として駆けつけてきた。薩摩藩兵は富士見山を登ろうとしている仙台藩兵に銃撃を加えたのである。薩摩藩兵の精度の高い銃撃により、仙台藩兵がバタバタと倒されていく。会津藩兵も進軍しようとするがなかなか進めない。

そのうちに、富士見山の上にいた大垣藩兵が一気に下りてきて仙台藩兵を攻撃し始めた。同盟軍の砲兵も後方から味方を援護するために砲撃をする。しばらく激しい攻防戦となったが、結局、同盟軍は攻めきれずに、仙台藩兵は奥州街道を北へ、会津藩兵は会津街道を北へと撤退したのであった。

立石山の御堂から戻った兼吉は宗右衛門と今後の相談をした。

「このいくさはこの後どうなると思う」

宗右衛門が沈んだ表情で訊く。

「これまでいくさの様子をみてきましたが、正直なところ、同盟軍が白河を奪いかえすのは難しい気がします」

兼吉も厳しい表情で答えた。しばらく二人が無言でいると、千代が宗右衛門に茶を淹れてきた。千代は二人の話の邪魔をしないように気遣いながら静かに部屋を出て行った。慎ましい娘だ。

「同盟軍は、白河を取られる前から薩長軍の数倍の兵数があったのではないか。その後各藩とも兵数がかなり増えているとも聞く。それなのにどうして勝てないのかの」

宗右衛門が不思議そうに首をひねる。

「それはまず、大砲や鉄砲などの武器の差が大きいと思います。薩長の大砲は狙いにくるいがなく、当たるとてつもなく大きな音がして何でも木っ端みじんに吹き飛ばしてしまいます。同盟軍の大砲とくらべると、威力がかくだんに上なんです。それは鉄砲も同じです。同盟軍の鉄砲は火縄銃が多く、この梅雨の時期には雨で使えないときがほとんどです。火縄銃以外の銃もみな旧式で、弾を一発一発筒の先から込めて撃つ型のものばかりです。薩長の銃は火縄銃など一挺もなく、性能のよい新式銃ばかりです。中には七連発の銃まであるようです。とてもかないません」

兼吉は、五月一日の戦で、棚倉藩の阿部内膳たちが槍や弓で戦っていたのを思い浮かべ、改めてこの戦における両軍の武器の差を痛感したのである。

「そんなに違うのか。しかし、その差は何倍もの兵数の差でうめられないものかの」

宗右衛門が疑問を口にした。

「じつは、兵力の差は武器ばかりではないのです。わたしの見るところ、薩長の兵と同盟軍の兵のひとりひとりにも大きな違いがあると思います。同盟軍にも多少洋装の兵はいますが、昔の軍装の和装がほとんどです。それに対してあちらは動きやすい洋装ばかりです。ですから、いくさになると兵の動きがまったく違うのです。とにかく薩長の兵は、集合、散兵、前進といった動きがおどろくほど機敏です」

「うむ。そういうことなのか。薩長兵は一騎当千の精兵だというわけか。それならば、何倍もの同盟軍と戦っても勝てるというわけだな」

宗右衛門は納得したように言った。

「ええ、残念ですが、そう言わざるをえません」

兼吉も自分に言い聞かせるように言った。

「それにしても、もうひとつわからないことがある。武器の性能の差はあったとしても、何倍もの兵力の同盟軍が各藩いっせいにいくつもの方向から白河を攻撃したならば、いくら相手が精兵とはいっても少ない兵数をあちこちに分散させられるはずだ。そうなれば、どこかの口が破れ、同盟軍が白河を奪い返せるのではないか。五月一日のいくさで薩長軍がおこなったのと同じやり方を同盟軍はなぜできないのか。わたしにはどうしてもそれがわからないのだ」

宗右衛門は歯がゆそうに言った。

「ええ、わたしもそれは不思議でなりません。こんど関様に訊いてみようと思います」

兼吉も疑問というか残念な思いを語った。

翌二十七日も同盟軍による白河攻撃はあったが、さしたる戦果を上げることはできなかった。そうしているうちに、宇都宮にいた土佐藩兵が増援兵として白河に到着したのである。

五月の末になると、増強された会津藩、仙台藩、棚倉藩、相馬藩、二本松藩、旧幕府純義隊、新選組の総勢五千の兵が、連合して白河を攻撃した。少ない敵の兵力を疲弊させようと、攻撃は数日間、連続して行われた。

その上陣営の立て直しもはかられ、同盟軍を鼓舞するために会津藩主松平喜徳が直々に福良まで出陣してきたのだったが、それでも戦果はいまひとつだった。

同盟軍が白河奪還の戦いで苦戦している中で、新政府軍を大いに悩ませていたのが、鴉《からす》組と十六ささげだった。

鴉組とは、元仙台藩士の細谷十太夫が須賀川を中心に奥州街道沿いの博徒たちを集めてつくった遊軍の隊だった。仙台藩の支援は受けていたが、藩の正規の軍ではなかったので自由気ままに動ける数十人の部隊であった。鴉組は夜になると、新政府軍の駐屯所を襲撃してはすぐに逃げ去るということを執拗に繰り返していた。仙台藩の命令を受けるわけでもなく、細谷の考えひとつで命知らずの荒くれ男たちが縦横無尽の働きをした。

一方、十六ささげの方は五月一日の大いくさで隊長の阿部内膳が戦死してしまったが、残った隊員が棚倉藩の軍事行動とは別に鴉組のような働きをしていたのだった。

どちらも人数も少なく大した武器もなかったが、とにかく行動が神出鬼没で予想ができず、新政府軍が油断しているところに夜襲をかけて少なからぬ打撃を与えていた。城から出て白河周辺を防備している新政府軍の兵は夜間安心して寝られなくなり、かなり悩ませられていた。

新政府軍に支配されている白河の住民もその戦ぶりが痛快で、

仙台鴉に十六ささげ
　なけりゃ官軍高枕

とまで誉め称えるのだった。

同盟軍がこれまでの戦いが成功しなかったのは、各藩の兵数は増強されていたが、なにしろ寄り合い所帯でそれぞれの藩の連携がきわめてまずかったからであった。

同盟軍は、事前にきちんと攻撃の作戦を立てて細かい打ち合わせも行い、いつどこをどのように攻めるかも決めていた。ところが、いざ攻撃の場になると、正確なセコンド（時計）を持っていないこともあり、各藩の攻撃が予定通りにおこなわれず、しばしばちぐはぐな軍事行動となり、新政府軍に大きな打撃を与えることができなかったのである。

同盟軍はこの反省に立って、六月十二日、城下東方の関山（六一八メートル）の山頂に運び上げた大砲の音を合図に、一斉攻撃を行うことにしたのである。これならば各藩にセコンドがなくとも同時に軍事行動ができるはずであった。

払暁の号砲六発を合図に同盟軍は各方面から攻撃を始めた。奥州街道口、会津街道口、原方口、棚倉口、石川口、鹿島口の六方向からの大規模な攻撃だった。

まず、本街道である奥州街道の北の入り口を鴉組を先鋒とする仙台藩が攻撃した。鴉組は何度もこの方面からの攻撃を行っていたので慣れたものであった。夜明け前の暗いうちに、城下北東の富士見山の北側の山中から鹿島神社の北側の丘陵地帯あたりにまで潜入し、新政府軍を奇襲して大いに慌てさせた。ところが、これまでにもあったことであるが、仙台藩の進軍が遅くて鴉組の行動と連携することができなかったため、これ以上の戦果を上げることができなかった。

とにかく仙台藩兵の戦ぶりはきわめて評判が悪かった。仙台藩兵は「ドン、五里」と呼ばれ、大砲の音がドンと聞こえると五里も後退してしまうというのである。

仙台藩は六十二万石で奥羽一の大藩である。兵数ももっとも多かったが、なにしろ長く続いた泰平の世の中ですっかり惰弱になってしまった。また、薩長のように戦闘経験がなく、ほとんどが白河口の戦いが初めての戦である。武器も軍装も旧式である上に、戦術も知らない。それに仙台藩は藩の中に藩があると言われるほどに、それぞれの家臣団の独立性が強かった。仙台藩の軍はその独立した家臣団の寄り合い所帯で成り立っていたので、とかく連携が不十分であった。そのためひとつの藩として統制のとれた軍事行動ができず、弱兵と誹られたのであった。

この日の戦闘は、五月一日に次ぐ激戦で、仙台藩六十二名、会津藩三十一名、福島藩十四名、棚倉藩十三名、二本松藩十三名が戦死した。それに対して新政府軍の戦死者は、薩摩藩六名、土佐藩二名、長州藩一名であった。

同盟軍が満を持して決行した六月十二日の第四次攻撃も失敗に終わった。

七章　棚倉落城

一節

六月十二日の戦い以後、白河の戦況に大きな変化はなかった。その間に会津の若松城では、会津藩首脳と会津に入っていた輪王寺宮、江戸から会津に逃れてきた旧幕府閣老などが連日会議を重ねていた。

輪王寺宮はかねてから要請されていた奥羽越列藩同盟の盟主となることを承諾した。近いうちに米沢経由で白石に入り、同盟首脳が描く奥羽政権を成立させる予定となった。いよいよ同盟側も本格的に新政府に対抗する態勢を整え始めたのだった。

一方、新政府軍にも大きな動きがあった。江戸から増援部隊千五百名が、六月十六日から二十日にかけて、江戸から船で平潟の港に上陸したという報が白河にもたらされた。

こうなると、この増援軍により平藩などの海沿いの藩は簡単に攻め落とされてしまうであろう。さらに、この軍と白河の新政府軍とが連携を取るために、間にあって障害となるのが棚倉城であったので、すぐにこの棚倉城が攻撃されるのは火を見るよりも明らかだった。兼吉はこの事と白河への新政府軍の増援状況を平三郎に伝えるために、急いで福良に向かった。

福良の後藤屋。

「このままでは棚倉が危険です。援軍を送ってください」

兼吉は海側の様子や棚倉の状況を説明して訴えた。

「それはわが藩の方から何度も同盟軍の首脳部に要請しておる。だが、白河方面に多数の兵を割いており、なかなか棚倉には増援兵をまわしてくれんのだ」

平三郎は厳しい表情をした。

「平藩や泉藩など海側の諸藩は小藩ばかりです。薩長の大軍を前にしては、長くはもちこたえられないと思います。海側の諸藩が落とされればすぐに棚倉に進軍してきます。そうなると白河の軍と連携して棚倉はすぐに薩長軍に陥《おと》されてしまいます」

兼吉は必死に訴えた。

「そのくらいのことはわしにもわかっている。だが、同盟軍は白河奪還だけで手一杯なのだ。とくに主力の会津藩は、新潟方面や日光方面にも兵を送っている。これ以上棚倉方面にまで兵をまわせる余裕がないというのだ」

平三郎は悔しそうに唇を噛んだ。

その時だった。

「関様」

部屋の外で声がした。棚倉藩士らしい。

「どうした」

「玄関に、至急、那須屋の者に面会したいという男が来ております」

「わかった」

平三郎が答えると、すぐに兼吉は玄関に走った。玄関に行くと男が一人倒れていた。源蔵だった。

「大丈夫か源蔵。いったい、どうしたというんだ」

兼吉が源蔵を抱え起こす。

「那須屋の旦那様から、これを……」

源蔵は兼吉に文を渡すとそのまま気を失った。

外は強い雨が降っていた。この雨の中を源蔵はおそらく飲まず食わずで休む間も惜しみ、勢至堂峠の十里の山道を越えてきたのだろう。体が頑丈で足の速い源蔵だからできたことであるが、まさに命懸けの行動である。兼吉は宿の者に源蔵の介抱を頼んですぐに平三郎のいる部屋に走った。

「棚倉が危ういです」

兼吉は平三郎に文を渡して言った。

「これは……」

文を読んだ平三郎は血相を変えて絶句した。

文の中味は驚くべきものであった。昨日、阿波藩兵を率いて白河に大総督参謀鷲尾《わしお》鷹聚《たかつむ》の軍が到着した。宗右衛門が、なにやら異様な様子だったので注意して見ていたところ、本日早朝、土佐藩の参謀板垣退助の率いる兵数百人が、棚倉に向かったというのである。

「すぐに手をうたねば」

平三郎と棚倉藩首脳は、会津若松にいる藩主正静に早馬をとばして出陣を願い、棚倉藩兵に出兵の用意を命じた。

この報が会津藩陣営にも伝えられると、ただちに同盟軍の首脳は今が好機とばかり、棚倉に進撃して防備の手薄になった白河を攻撃することになった。すぐに白河出陣の命が各軍に下された。

棚倉方面には、以前から棚倉藩兵だけでなく同盟諸藩の兵も出兵していたが、果たして新政府軍の攻撃に耐えられるか、兼吉には不安だった。自分の城であれば籠城してでも死にもの狂いで守ろうとするが、同盟諸藩にとって棚倉城はしょせん他藩の城である。棚倉も白河のように、あっけなく落城するおそれがある。棚倉藩はまさに存亡の危機に瀕していた。

しかし、同盟軍が今白河を攻撃すれば、棚倉に向かった板垣軍を挟み撃ちにできる。そうなれば棚倉城は救われるかもしれない。兼吉は一縷の望みを繋ぐのだった。

うまくいけば、今度こそ白河奪還の攻撃が成功するかもしれない。白河の新政府軍は、少なくとも半数の兵力を棚倉方面へ振り向けたはずだ。となると、いくら増援されたとはいえ、前回の戦闘の時よりは兵力が弱くなっているはずである。そこを全力で突けば奪還の望みはある。

（なんとしても棚倉を救い、白河を薩長軍から取り返してもらいたい。これが白河奪還の最

後の機会かもしれない。それにはどうしてもあの方の力が必要だ）

すぐに兼吉は新選組隊長の山口に面会を求めた。

「山口さま、お願いがあってまいりました。どうか白河を薩長軍から取り戻してください」

兼吉は懇願した。

「おまえに言われずともわれわれはそのつもりだ」

山口は表情を変えずに答えた。やはり山口は威圧感がある。兼吉は気圧《けお》され、緊張を強いられたが思い切って言った。

「土方さまのご出陣をお願いしてはいただけませんか」

「なに、土方さんだと。それはどういうことだ」

山口は鋭い目を向けてきた。兼吉は怯んだが、源蔵も命懸けで棚倉藩の危急を知らせてくれたのだ。兼吉は意を決して答えた。

「山口さまに対してご無礼のことは重々承知でございます。ですが、白河を奪還するためには、どうしても土方さまに新選組と同盟軍を指揮していただきたいのです」

兼吉は宇都宮の戦で負傷した土方が会津の東山温泉で療養していたが、極秘に福良の千住院に来ていることを聞き及んでいたのだった。

「なんだと」

山口がさらに凄みのある顔で睨んできた。兼吉は背筋が冷たくなるのを感じた。

（斬られるかもしれない）

兼吉は覚悟した。

「どうして旅籠の奉公人がこのようなことをするのだ」

山口が問い詰めてきた。兼吉は返答に窮したが、こうなったら本当のことを言うしかなかった。

「実はわたしは元阿部家中の白河藩士でした。ゆえあって今は那須屋に奉公しております。鳥羽伏見のいくさがはじまってから、阿部家のさるお方より探索の役目をおおせつかりました。昨日も白河のようすを報告するためにこちらにまいりました」

「そうか、おまえは棚倉藩の犬だったのか。隊長に無礼なことをもうすとゆるさんぞ」

山口のとなりにいた島田が刀に手をかけた。兼吉は身構える。

「島田君、待て」

山口は静かに島田を制すると、しばらく無言で瞑目した。重い沈黙が続いた。

「わかった。わしについて来い」

山口が眼を開いて言った。

千手院は福良宿から会津街道を北へ数丁行ったところにある真言宗の寺である。土方は千住院の本堂にいた。

「傷の具合はいかがですか」

山口が訊ねる。

「うむ、だいぶ良くなった」

土方は足をさすりながら答えた。

「白河の戦況が緊迫してきました。先ほど白河より知らせがあり、白河の薩長軍が棚倉に向けて進軍したとのことでした」

「そうか。守りに徹していた薩長軍がついに攻勢に出たか」

土方はあまり驚きもしなかった。というよりは、あまり関心がないようにも感じられた。

「じつは、棚倉のことでこの者が土方さんにお願いがあるとのことです。聞いてもらえますか」

「どういうことだ」

「この者はわれわれが白河出陣の折に泊まった那須屋という旅籠の奉公人で兼吉ともうします。元は棚倉藩の阿部家中の者ということです」

山口が兼吉を紹介すると、土方は言え、というふうに兼吉を促した。

「那須屋の奉公人兼吉と申します。まことに恐れ多いことではありますが、土方さまにお願いがあってまいりました」

兼吉は深く頭を下げた。

「言ってみな」

土方が大儀そうに顎を上げた。

「土方さま、ぜひとも新選組の指揮をとって白河に出陣していただきたいのです。いまが白河奪還の最大の好機なんです」

兼吉が懇願するように言った。土方は表情を変えずに黙って聞いていた。

「わたしからもお願いします。土方さん、そろそろ前線に復帰してはもらえませんか。やはり新選組は土方さんが指揮しないとだめなんです」

「そんなことはねえ。斎藤もよくやっているではないか」

土方がそっけなく答える。

(斎藤？　そうか、山口隊長は斎藤という名だったのか)

兼吉はようやく山口隊長が新選組の斎藤一であることがわかった。

「これまで何度も白河奪還のいくさをしてきましたがだめでした。同盟軍はいくら兵数が多くても、各藩がばらばらでどうにもならないんです。ちゃんと策をたてて兵を指揮をする将がいないんです。これではいつになっても白河は取り戻せません。少なくとも土方さんが戦場に出るだけで、皆の士気があがるんです。どうか、お願いします」

斎藤がなおも食い下がる。

「いまさら俺が出ていっても、なんにもかわらねえ」

土方が突き放すように言った。

「土方さんは、白河を見捨てる気ですか」

斎藤が気色ばんだ。

「そういうわけじゃねえが、とにかくだめだ」

土方から色よい返事は出なかった。斎藤も唇を噛んで押し黙ってしまった。

「わたしはなんとしても白河を薩長軍から取り戻したいのです。お願いします」

兼吉も必死に頭を下げる。

「おまえには悪いが、もう白河はあきらめるしかねえだろう」

「どうしてですか」

「これ以上、何度戦っても薩長のやつらには勝てねえ。誰が指揮してもおんなじだ。いずれ会津もやつらに攻め込まれて陥されてしまうだろうな」

土方のあまりのことばに兼吉は驚いた。土方が戦場に戻って、新選組や同盟軍を指揮すれば、白河奪還も夢ではなくなると期待していた兼吉には信じ難いことだった。

「奥羽諸藩と薩長軍とでは、根本的に兵力の差がありすぎる。いくさのやり方にしたって、いくら会津藩の重臣に作戦を提案しても取り上げてはもらえねえ。門閥主義が強過ぎるんだ。仙台藩だって米沢藩だって、奥羽の藩はみんなおんなじようなもんだろう。とてもいまからではどうにもならねえよ」

土方は諦め切ったように言った。

「世の中が変わるんだ。残念だが、もう武士の世は終わりなんだ。俺も近藤さんも、武士になることを夢見て、死にものぐるいで戦ってきた。それが、武士になれて喜んだとたん武士の世に終わりがきてしまった」

土方は遠くに視線を向けたまま静かに言った。

「武士の世が終わってしまったら、次はいったいどんな世になるんでしょうか」

兼吉が訊いた。兼吉も時代の大きな変わり目がきたことはうすうす感じていたが、こうして土方に現実を突きつけられるまでは認められないでいたのだ。時代の変化を受け入れるには、まだ戸惑いの気持ちが強かった。

「それは誰にもわからねえ。案外百姓や町人の時代になるかもしれねえな」

土方は何かを悟っているように言った。

二節

六月二十四日、棚倉城は落城し、同盟軍による白河奪還も失敗に終わった。

新政府軍参謀の板垣退助が率いる八百の土佐藩兵が棚倉に侵攻すると、棚倉を守備していたわずかの同盟軍は一日も持ちこたえられなかった。

棚倉藩主である正静は五月はじめより会津若松におり、藩の主力軍も重臣の指揮下で福良を拠点にして白河奪還の戦いに加わっていた。そのため棚倉城を守っていたのは、大殿の正外の指揮下の百名程の棚倉藩兵と応援の同盟軍だけであった。

兼吉の懸念した通り、板垣軍に侵攻されると同盟軍は簡単に敗走した。最後まで棚倉城を死守していたのは、正外とわずかの棚倉藩兵のみであった。多勢に無勢で、棚倉藩兵は板垣軍に抗しきれず昼には城を焼いて退却したのであった。

正外と棚倉藩兵は、福島藩領の近くにある棚倉藩の飛び領の保原陣屋に避難した。会津にいた正静と重臣や他の藩士も保原へと向かった。

「ついに棚倉城は落城してしまったな」

那須屋の離れで宗右衛門が静かに言った。

「ええ、無念でなりません」

兼吉も力なく答えた。兼吉は福良で土方に出撃を要請した後、すぐに白河に戻ってきていた。

「薩長軍はこれからどんどん強勢になってくるだろう。それに対して同盟軍はじりじり後退するばかりだ。これを押し返して白河や棚倉を取りもどすのは至難のことだな」

宗右衛門は、もはや誰もが認めざるを得ない奥羽の状況を述べた。兼吉もその通りだと思った。

海側の小藩は新政府の大軍を前に必死に抵抗している。しかし、はたしていつまで持ちこたえられるか。同盟軍に応援の兵を出す余裕はない。それに対して新政府軍には続々と増援兵が送り込まれてくる。

いずれ新政府軍は海側の諸藩を次々に制圧して、同じ海側の相馬や内陸部の三春、二本松、そして会津に向かって侵攻してくるであろう。江戸から奥州街道を北上して白河にも新政府の増援兵がこれからもやってくる。日光街道からも会津に向けてやってくる。いよいよ奥州全体が戦場となることが予想された。

（同盟諸藩が薩長軍を迎え撃って勝利することはきわめて難しいな）

兼吉も悲観的だった。

宗右衛門が留めを刺すように言った。

「兼吉、棚倉城が落ちて阿部家中が棚倉から避難した今となっては、関様との約束も反故になったも同然だと思わないか」

これを聞いて兼吉はいたたまれない気持ちに襲われた。

（いままで危ない目に遭いながら命がけでやってきたことは、いったいなんだったのだ）

兼吉の頭の中にはこれまでのさまざまな事が甦ってきた。

熊吉はじめ那須屋の奉公人たちから妬まれたり、嫌みを言われ続けたり、時には耐え難い屈辱的な仕打ちを受けてきたこと、戦には加わらなかったものの、砲弾や銃弾の飛び交う中で命がけの探索をして、危うく死にかけたことなど。

これらに耐えられたのは、すべて阿部家への再仕官の望みがあったからなのだ。町人身分から昔のように武士に戻れると思ったからこそ、どんな苦難も我慢できたのだ。それが、棚倉城が落城したことによりすべて消え失せてしまった。

「旦那さま、わたしはこれからどうすればよいのですか」

兼吉は打ちひしがれた思いを抑えきれずに宗右衛門に訴えた。

「わたしも残念でならないのだ。この世情の混乱を乗り切って、うまくいけば那須屋を本陣へと格式を高めて再興できるかもしれないとおもったのだが……」

宗右衛門も、無念でたまらないという風にため息をついた。

「わたしもそろそろ、那須屋のあたらしい将来を考えなければならない時がきたと思っているんだ。どうしたものかね、兼吉。そろそろ前に話した千代とのことを本気で考えてもらえないかね」

「もうしわけございません。それはあまりにもわたしの身に過ぎたお話ですが……」

兼吉は宗右衛門には申し訳ないと思ったが、快く返事ができなかった。

兼吉は心の整理がついていなかった。ひたすら町人から武士に戻ることしか考えてこなかったので、どんな形にせよ旅籠の仕事を続ける気持ちにはなっていなかった。

兼吉は宗右衛門のもとを辞して、なにも考えられずに那須屋の外に出たのだったが、気がつくと志づの部屋にいたのだった。

「変わりはなかったか」

兼吉は志づと会うのは久しぶりだった。五月の大戦《おおいくさ》以来だった。

「そうね。前と変わったといえば、町人のお客さんが減って、薩長の兵が増えたことくらいかしら。でも、することはいっしょだから」

志づは静かに冷めた表情で言った。

「つまらないことを訊いてしまったな。ゆるしてくれ」

兼吉は志づが荒くれた薩長兵の相手をしている様子が頭に浮かび、胸に痛みを感じた。

「あら、ごめんなさい。そんなつもりじゃなかったのよ」

志づは兼吉の気持ちを察したのか、笑みを浮かべて言った。

「あの時はほんとに悪かったな」

兼吉があらたまって詫びた。

「なんのこと？」

志づは怪訝な表情で訊く。

「世良を始末してくれと無理に頼んだことだ」

「ああ、あのこと。あの時はあたしもほんとに苦しんだわ。とにかく、おそろしくておそろしくて、気がくるいそうだったわ」

「お志づさんには辛い思いをさせてしまったと、ずっと気に病んでいたんだ」

「でも、あの時いただいたお金で実家はたすかったわ。借金もかえせてくらしも楽になったと、くにの母からたよりがきたわ。それに、あたしの借金も少しへらすことができたし」

「そうか、それはよかった」

兼吉は気持ちが楽になった。

「あたしにはむずかしいことはわからないけど、これから白河はどうなるの。それだけが心配だわ」

「おそらく、奥羽諸藩は薩長とのいくさに負けるだろう。そうなると、このまま薩長の天下になってしまうかもしれないな」

「そうなの。白河やこの坂田屋はどうなってしまうの」

志づに訊かれたとたん、

「そんなことは俺にもわからない。わからないんだ！」

兼吉はいきなり大きな声を上げげた。それまで胸の内に溢れていた様々な思いが一気に噴き出してきたのだった。

志づは驚いて怯えた表情をした。

「俺は、これからどう生きていけばよいかわからなくなってしまったのだ」

兼吉は頭を抱え、体中の苦しみを振り絞るようにして言った。

しばらく志づは兼吉を怖々と見ていたが、そのうち静かに兼吉のそばに寄ってきて、

「兼吉さんも苦しいのね」

と、やさしく言葉をかけてきた。その瞬間、兼吉はわれを忘れて志づを抱き寄せた。

三節

今年の夏は雨の日か曇りの日ばかりで肌寒く、いつもの年のように浴衣だけでは過ごせず、時には薄い綿入れを羽織らなければならないほどだった。

世の中が大きく揺れ動き、激しい戦が続くという異常な世情が天候にもうつったようだった。天地は人の世と一体なのかもしれない。同盟軍の白河攻撃は相変わらず続いていたが、新政府軍の増援兵は四千人にも膨れあがり、防御はいっそう堅固になっていた。時折、遠くで砲声が聞こえるが、町中は平穏無事だった。そのため、戦を避けていた町人もほとんどが

戻ってきて、以前と同じように暮らしていた。旅の者も戦の模様を窺いながら往き来していたので、どこの旅籠屋もそれなりに繁盛していた。兼吉は毎日旅籠の仕事に追われていた。

そんな日々の中で、今年も盂蘭盆会《うらぼんえ》の季節がやってきた。どこの町家でも門口に迎え火を焚き、先祖の霊を迎え入れる準備をしている。城下ではこの時期、それぞれの町内毎に日を替えて盆踊りが開かれる。

那須屋のある本町の長生寺でも、盆踊りの準備が始められていた。先祖の霊を慰めるために毎年寺の境内でおこなわれている行事だった。境内の真ん中に大きな櫓を組み、その櫓の上で太鼓を叩き笛を吹く。それに合わせて、櫓のまわりを町人が丸くなって踊るのだ。

兼吉をはじめ那須屋の奉公人たちも、櫓を組んだり境内を掃除したりして盆踊りの準備をしてきた。

いよいよその日がきた。日が落ちた頃になると、町内の子どもから年寄りまで、これほど町内に人がいたのか思うほど集まってきた。本町ばかりでなく他の町内からも大勢の人が来ているので、境内は浴衣姿の人であふれるほどだった。

那須屋の奉公人も交代で暇を貰うことになっていて、休みの者は皆盆踊りにきていた。兼吉も休みを貰って踊りを見にきていた。

あたりが薄暗くなった頃、櫓の上の太鼓の音を合図に踊りが始まった。大勢の浴衣姿の老若男女が同じ所作を繰り返しながら回っていく。踊りの輪に加わらない者はその周りで踊りを見物したり、たくさん出ている食べ物や物売りの屋台を覗いているのだった。多数の提灯が掲げられた広い境内には、数百人の観衆が祭りのような熱気を帯びて躍動していた。

今年の春からの政情の変化や戦続きの不安な日々を過ごしてきた町民の溜まった鬱憤を晴らすような雰囲気が感じられた。踊りが最高潮に盛り上がっていた時、突然、

「きゃー」

という女の悲鳴がして踊りの輪が大きく崩れた。

見ると、寺の本堂から出てきた新政府の兵士数人が崩れた輪の近くに立っている。櫓の上の者も何事が起きたのかと思い、太鼓の音も笛の音も止めてしまった。賑やかな踊りの場がいきなり水を打ったような静けさに襲われた。

寺は新政府の軍病院となっていた。怪我《けが》をした新政府の兵士がここに担ぎ込まれて治療を受けたり、療養していたのだった。亡くなった者も多数埋葬されている。ふだんから寺には新政府の兵士が多数寝泊まりしていた。その新政府の兵士が何をしようというのか、恐れた観衆は無言で見守っている。

「どうした。なんで踊りをやめんだ！」

何も知らない後ろの方の観衆が大声で騒いだ。

「なにやってんだー」

酒に酔ったような者の罵声が飛んでくる。そのうち、後ろの方から苛立った観衆が前に出てこようとする気配がして、観衆の人垣が割れた。見ると、酒瓶を下げた男達が数人出てきた。博徒たちのようだった。その中に、見覚えのある男がいた。五月に戦死者をかたづけた

時の男たちだった。

「なんで盆踊りのじゃますんだ」

博徒たちは新政府の兵士に向かって言った。観衆は大変なことになるかも知れないと固唾を呑んで見ている。博徒たちは三月近くも白河を占領している新政府軍に、日頃から溜めていた不満をぶつけているようだった。

新政府の兵士たちもずいっ、と前に出てきた。

（これは大事になるかもしれんな）

兼吉は案じた。

「いや、ちがうんだ。踊りのじゃまをする気はないんだ」

一番前の兵士が穏やかな口調で言った。

（あれはたしか……）

兼吉は思い出した。

兼吉と源蔵が稲荷山の戦場から逃れる途中で、妊婦に出会った時に呼び止められて陣羽織をもらった長州兵だった。

「んじゃ、なんだというんだ」

もっとも体の大きい博徒が顎をしゃくって訊く。

「わしらもいっしょに踊りたいんだ」

「なに、踊りにまぜろだと」

「そうだ。ここの盆踊りは亡くなった者の供養をするための踊りだと寺の住職にきいた。わしらも白河の戦で何人も仲間を亡くした。その仲間たちを供養してやりたいのだ」

兵士が言う。

「ほぉー、そうが」

博徒はそう言うと、

「おい、みなの衆ー。薩長さまがこういってるが、どうする？　薩長さまを踊りにまぜでやっが」

観衆に向かって大きな声で訊く。

「そういうごどならいいんでねぇーか」

誰かが小さな声で言った。

「いいべ、いいべ」

あちこちから声が上がる。

「わがった。んじゃ、だれが薩長さまに踊りをおしえてやってくれー」

博徒が皆に訊く。

しかし、誰も名乗りを上げる者はいなかった。長州兵の盆踊り参加は認めても、さすがに踊りを教えるとなるとふつうの町人は皆気が退ける。

兼吉が前に出て言った。

「俺にやらせてくれ」

兼吉は、一昨年の夏に那須屋に奉公してから盆踊りに出て踊ったことがあるので振りはできた。

「おお、おめぇがやってくれっが。んじゃまがせだぞ」

博徒はそう言うと、酒瓶を担いで仲間とともに後ろに下がっていった。それを見て、櫓の上でふたたび太鼓と笛がはじまった。同時に踊りの輪もすぐにもとのように動き出した。

「それでは、よろしくたのむ」

長州兵が兼吉に言った。

「わたしは那須屋という旅籠の手代の兼吉ともうします。こちらこそよろしくおねがいします。覚えておいでですか。五月のいくさの折におせわになった者です」

兼吉が挨拶した。

「おお、あんたはあの時の。戦の最中に腹の大きい女を運んでおった時に出会ったな」

「はい、あの時はありがとうございました」

兼吉はふたたび深く頭を下げて礼を言った。

「いや、なんの。わしは長州の高崎信三ともうす。わしも仲間の者も踊りはまったくはじめてだ」

「踊りそのものはかんたんなんです。おなじ所作のくり返しですから。みんなのまねをしているうちにすぐにおぼえられます。とりあえずわたしの後ろについてきて下さい」

そう言って兼吉は踊りの輪の中に入った。長州兵五人も兼吉の後ろにぞろぞろとついてくる。

「こうやって、右、左と手を上げて」

兼吉が踊って見せると後ろの兵がまねる。

「そうそう、右足上げて、左足上げて、くるりとまわって手をたたく」

回るところが難しいのか、動きがぎごちない。姿勢が崩れて転ぶ者もいた。それを見て、笑い声が起こったが長州兵は恥ずかしそうな顔はするが怒りはしなかった。兼吉の後ろの方でも長州兵に教える者がいた。踊りの輪がぐるりと二回りもする頃には、兵たちもすっかり慣れてきた。

「これが、白河の盆踊りか。萩の盆踊りとはちょっとちがうな」

そう言ってしばらく夢中になって踊っていた。そのうち、

「ちと疲れた。少しやすませてくれ」

後ろの兵が言うので、兼吉達は踊りの輪から抜け出て、寺の本堂の登り段に腰を下ろした。

「いやー、盆踊りもなかなかおもしろいもんだな」

高崎が言う。他の兵も頷く。

「みなさん上手になりましたよ」

兼吉が褒める。

「あんたのおかげだ。礼を言うぞ。さすがにうまいもんだな」

高崎が頭を下げた。

「いいえ。わたしはまだまだです。盆踊りをはじめたのは一昨年《おととし》からなんです」

「町人なら昔から踊っているのではないのか」

「ええ、ふつうはそうでしょうが……」

兼吉が言葉を濁すと、

「ふつうとは、どういうことだ」

高崎は不審そうな目を向けてきた。兼吉は一瞬迷ったが、

「じつは、わたしは元武士でした。仕えていた藩の台所が苦しくて召し放ちになりました。それで旅籠で奉公するようになったのです」

兼吉は正直に答えた。

「なるほどな。やはりそうだったのか。なんとなくあんたの物腰にはどこか町人とちがうものを感じていた。あんたも苦労したのだな」

高崎が兼吉にやさしい視線を向けた。

「いえ、もうなれましたので」

兼吉は静かに答えた。

「あんたら白河の者はわしらを憎く思っているであろう」

高崎が訊く。

「いえ、そんなことは……」

さすがに本当のことは言えないので兼吉はことばを濁した。

「いや、いいんだ。憎まれて当然だ。白河を攻めて城や家を焼いた。いくさとはいえ、奥州の兵を何百と殺した。そうして、長い間白河を占領しているんだからな」

兼吉は黙って聞いていた。

「しかしな、わしらもわしらなりの苦労があるのだ」

高崎は暗い表情をした。兼吉は意外なものを感じた。

「藩の上の方の者は、徳川幕府を倒して新しい国をつくるんだと言う、大きな目的や使命に燃えているが、わしら下の者はただ上の命令に従うだけだ。あんたには分かるまいが、長州はもう何年も争いといくさばかりだった。同じ藩士同士が血で血を洗うような藩内抗争もあった。幕府軍と戦い、外国の兵とも戦った。もういくさはたくさんなんだ」

高崎のまわりの兵も沈んだ表情で俯いた。

「この四月には、官軍が江戸を占領したので、わしらももういくさは終わりかと思ったら、今度は奥州まで行けという。故郷《くに》からここまで何百里あるかもわからん」

高崎は怒りを含んだ顔をして言った。すると仲間の兵が言った。

「わしらは好きでこんな遠い奥州まできているわけではないし、いくさで人を殺すのもほんとは恐ろしいんだ」

他の者も皆大きく頷く。

「奥州の兵もたくさん死んでいるだろうが、わしらの仲間も少なからず死んでいるんだ。遠く国を離れて見知らぬ土地で命を落とす者の気持ちが、あんたにわかるか」

高崎が訴えるように言った。兼吉は答えられず戸惑う。

「いや、すまん。あんたを責めているわけではないんだ」

高崎が詫びる。

「いえ。昔は武士だったので、意にそわないことも上の命令でやらなければならない気持ちはわかりますが、遠い異国の地でいくさで命を落とす人のまことの気持ちは正直わかりません」

兼吉は答えた。

「しかし、わしらは白河の土地の者にはありがたいと思っている。白河を攻め取った長州をはじめ官軍の戦死者を手厚く弔ってくれて、墓まで建ててくれている。感謝しているんだ。礼を言わせてくれ」

高崎が深く頭を垂れた。

白河の住民は、同盟軍の戦死者の墓ばかりでなく、新政府軍の墓もあちこちに建てて供養していた。今は盂蘭盆会の月になったので、とくに墓に線香や花を手向けて供養している。亡くなった者に対しては敵味方の区別なく、すべて分け隔てなく大切にする素朴な人情のある土地柄であった。

「おやめください。わたしはなにも皆さんに頭をさげられるようなことはしておりません」

「今夜は踊りを教えてもらって命を落とした仲間のよい供養ができた。白河の町の者が、わしらを温かく迎えいれてくれたことがなにより嬉しいんだ」

高崎の眼に篝火に映されて光るものが見えた。

「もし、かんぐんさま」

暗がりから突然女の声がした。声のする方を見ると、赤ん坊を背負った若い女と老婆が立っていた。

「む、なんだ」

高崎が訝しげに訊く。

「五月のいくさの時にせわになったもんでごぜえます。さっきおどっているのを見で、もしがしたらどおもって……」

老婆がおそるおそる言った。

「あー、こどもが生まれそうで苦しんでいた親子か」

兼吉が思い出して言った。

「あん時はありがどごぜえました」

老婆は腰の曲がった小さな体をさらに小さく丸めた。嫁も背中の赤ん坊と一緒に深く頭を下げた。

「おおーこの子があの時腹にいた赤子か」

高崎は立ち上がって嫁の背中の赤ん坊に顔を近づけた。

「わだしはたすけでもらったあど、ぶじに男の赤子をうみました。すこしやすんでとなり村の親類の家ににげようど歩いていくど、かんぐんさまにとがめられました。んでも赤子をいただいた陣羽織に包んでいたので、どごでも親切にあぶなぐねえ道をおしえでもらいました。ほんとにたすがりました」

　嫁が恥ずかしそうにして礼を言った。

「そうか、そうか、それはよかった。かわいいのおー」

　高崎は目尻を下げて赤ん坊の頭を撫でる。

「いくさで多くの人が死に、その一方ではあたらしい命が生まれる。人間というのは愚かで憐れなものだが、望みもあるもんだな」

　高崎がしみじみと言った。

　兼吉は祭り太鼓と笛の音を遠くに聞きながら高崎をじっと見ていた。

四節

　いよいよ戦況は緊迫してきた。

　棚倉にひと月駐屯した板垣軍が、平藩をはじめとする海沿いの諸藩を攻略した新政府軍とともに北上して三春に侵攻した。

　かねてより三春藩は奥羽越列藩同盟に加盟はしていたものの、その挙動が怪しく、同盟諸藩より疑いの眼で見られてきた。疑惑の通り三春藩は以前から新政府に恭順する考えだったらしく、無抵抗で新政府軍を迎え入れたのだった。すでに新政府軍との間に密約ができていたようである。

三春に入った新政府軍はすぐさま二本松に侵攻した。虚を突かれた二本松藩は、子どもまで戦に駆り出すという悲惨な戦を強いられ、あっけなく落城した。

兼吉は、二本松落城後の八月のはじめに棚倉藩の飛地である保原陣屋に向かった。

「久しぶりだな」

平三郎が言った。平三郎は長い戦の疲れか、以前会った時よりもかなり痩せこけていた。頬の肉が削られたようにげっそりして頬骨が浮き出し、眼ばかりが異様に目立つ。棚倉が落城した後、福良に滞陣していた平三郎は他の藩士とともに保原陣屋に移っていたのだった。

棚倉藩の避難者は、藩士とその家族を合わせると数千人にもなる。とうてい保原陣屋だけでは収まりきれず、近郷の村々の民家に泊めてもらっていた。

「ご無沙汰してました」

兼吉が答える。

「どうだ。白河あたりのようすは」

平三郎が訊く。

「同盟軍はつい先日、白河を取り戻すことはあきらめたようで、白河近辺にいた兵を撤退させました。いくさはなくなりましたが、薩長軍が増援兵を続々と増やし、北へ侵攻する準備をしています」

七月末を最後に、白河近郊から砲声は絶えていたが、あらたな戦の前の不気味な静けさが白河あたりには漂っていた。

「そうか。二本松が落城したからにはいずれこのあたりにも攻め寄せてくるかもしれんな」

平三郎は険のある顔を曇らせた。

「それにしてもこたびの仙台藩はひどいものだった。二本松藩は正規軍が出陣していて兵数がたりず、老人と子どもまで駆り出して戦ったというのに、二本松藩を応援しようともしないばかりか、二本松を大きく迂回して仙台に逃げ帰ってしまった。なんとも情けない」

平三郎は力のない声であきれるように言った。

二本松藩の正規軍は白河を奪回するために須賀川あたりまで出陣していて、その留守に攻撃を受けたのであった。城を守る兵のいなかった二本松藩は十二、三歳の子どもまでが戦わねばならなくなった。そのため戦の結果は悲惨なもので、酷く痛ましい戦死の話が伝わってきていた。

兼吉は話を聞いて、戦とは言え強く心が痛むのを感じたのだった。

「たしかに、このいくさでは仙台藩の怯懦ぶりがひどいと皆が言っております」

「われわれ棚倉藩士も世間ではよく逃げるとの評判だ。棚倉も二本松と同じように落城した。藩の主力軍は平方面や白河近郊に出兵しており、城を守備する兵がほとんどおらなかった。その隙を薩長軍に突かれたのだ。藩士らも必死でたたかったのに無念でならない」

平三郎は悔しそうな表情をした。

二本松藩の丹羽家は徳川時代が始まった最初の時期に、棚倉に初めて封じられた。それまで城の無かった棚倉に棚倉城を築城した。その後、白河に転封され白河城を築いた。さらに二本松に転封されて、そこでも城を築いた。

かつては織田信長の重臣のひとりとして名を馳せた丹羽家は、その頃から築城の名家と言われていた。その丹羽家が築城した三つの城が奇しくもこの戦ですべて灰燼に帰してしまったのである。これも大きな時代の流れなのか、はたして宿命というべきものなのか。

「次はいよいよ会津ですか」

兼吉が訊いた。

「もちろんだ。二本松を陥した薩長軍と白河の薩長軍はこれから連合して会津を攻めるのはまちがいない。もともと薩長軍の奥州攻めの目的は会津だからな」

「会津藩は薩長軍の攻撃に耐えられますか」

「おそらく難しいであろうな。薩長軍は二本松や白河からだけでなく、日光方面や越後方面からも攻め寄せてくる。しかも、関東から西の諸藩はすべて薩長側についている。時が経てばいくらでも増援兵が送り込まれてくる」

平三郎は戦の見通しは暗いという考えだった。

「米沢藩や庄内藩などの奥羽の諸藩が会津救援に行ってもだめですか」

兼吉はなんとかならないものかと思って訊く。

「難しいな。なにしろ奥州一の大藩である仙台藩が頼りにならないからな」

重苦しい沈黙となった。

「棚倉藩はこの先どうなるのですか」

兼吉はしばらく後に口を開いた。

「正直言ってわしにもわからんな。海沿いの薩長軍は北上して相馬を攻める。相馬が破られれば仙台領に侵攻してくる。わが家中もいつまでもここには居られない。もっと北へ逃げなければならなくなる」

「ここを逃れてどこに行くというのですか」

「仙台藩領内も危なくなると、もうどこへも逃げる所はないかもしれん」

平三郎が暗い表情で言うと、兼吉にはかける言葉もなかった。


八月二十一日、新政府軍は母成峠を守る会津藩兵、同盟軍、幕府伝習隊の軍を破って、翌日には一挙に猪苗代湖から流れ出る日橋川に架かる十六橋まで進出した。会津藩はここを守り切れずに突破され、新政府軍は二十三日には会津若松城下に雪崩れ込んだ。

松平容保は、すぐさま手勢を率いて城下東方の滝沢村まで出陣した。しかし、会津藩の主力軍は、白河方面、日光方面、越後方面などに出陣しており、正規の藩兵は若松城下にはわずかしかいなかった。少年兵の白虎隊などが奮戦したもののとうてい支えきれず、容保は城に戻らざるを得なかった。

ここから会津藩はおよそ一月の籠城戦に入った。その後、内藤介右衛門や山川大蔵指揮下の兵が鶴ケ城に戻ってきて、一時城内は盛り上がりを見せた。しかしこの間、米沢藩が八月二十八日に、仙台藩が九月十五日に、九月十八日には棚倉藩が降服し、会津藩は孤立無援となってしまった。

一方の新政府軍は関東方面から続々と援軍が送られてきて、およそ三万人もの兵が鶴ケ城を包囲していた。こうなると、万に一つも会津藩に勝ち目はなかった。

九月二十二日、ついに会津藩も降服したのだった。

八章　渡河

一節

十一月。

新政府から奥羽諸藩に対して処分が下された。

仙台藩は六十三万石から二十八万石、米沢藩は十八万石から十四万石、二本松藩は十万石から五万石、福島藩は三万石から二万八千石へとそれぞれ減封となった。

棚倉藩は十万石から五万石へと半減された上に、ほとんどの飛び領は新政府に取り上げられ、本領の棚倉領のみが安堵された。

正外の三代前の藩主である十三代藩主正備《まさかた》は、九州の大村藩の大村家から阿部家に養子に入っていた。いまだに存命で、しばらく前に隠居して名を養浩と改めていた。棚倉藩首脳はこの正備の縁故を頼って、奥羽諸藩が列藩同盟を結んでいる最中に、裏で大村藩の仲介による新政府への帰順を模索していたらしい。結局これは失敗に終わったが、このたびの比較的寛大な処分は新政府が大村藩の嘆願を考慮したものらしい。

奥羽の戦後処理もほぼ終わり、白河に滞陣していた新政府軍も撤退することになった。

「あんたには世話になったな」

高崎が言った。

「いえ、わたしはなにも」

兼吉が答える。

七月の盆踊りの夜以来、高崎らの長州藩士は時々那須屋に顔を出すようになった。長州藩士ということで宗右衛門が気を遣い、兼吉に長州藩士の世話をするように命じていたのだった。

「わしらもこれでやっと故郷《くに》へ帰れる。とても奥州の冬は寒くて耐えられそうになかったので、まことに有り難い」

高崎は心底嬉しそうな顔をした。

まだ、雪こそ降っていないものの、那須連峰から吹き下ろしてくる那須颪は地元の者でも耐え難い。まして、薩摩や長州の南国育ちの新政府の兵士にはひときわ厳しいものであろう。新政府の兵士は同盟軍に情け容赦ない攻撃を加え、時には残虐な行為もしたが、それは戦場という特別な状況でのことであり、ひとりひとりは血の通った人間であり情けもある人の子なのである。好きこのんで人を殺すために奥州までやってきたわけではなかったのだ。

兼吉は奥州街道を江戸に向かって帰還する新政府軍兵士を境明神まで見送った。

（これで高崎殿は故郷の家族や仲間のところに帰れるんだな）

兼吉は笑顔で手を振って旅だった高崎の後姿を見て思った。

兼吉は帰りがけに稲荷山に登った。

この春から白河城下近辺はもっとも激しい戦が繰り広げられてきた所である。白河口の戦いではおよそ千人もの兵士が戦死しているのだった。おそらく、京都の鳥羽伏見の戦から会津落城までで、もっとも長く戦がおこなわれ、しかも、もっとも多くの兵士が血を流した戦場であろう。

五月一日の激戦が兼吉の脳裏に蘇ってきた。生まれて初めて戦場に身を晒し、周りで次々と人が血を流して死んでいくのを見た。戦の恐ろしさが身に刻まれている。

稲荷山の頂《いただき》の上に立って西方を望むと、うっすらと白い雪を冠した那須連峰が寒空に聳えている。山の上にはすでに何度か雪が降っていた。南方には、田んぼの向こうにこんもりとした小丸山が見える。薩長軍が砲台を築いて稲荷山に大砲を撃ち込んできた場所である。穏やかに横たわる小丸山にも、眼下に広がるのどかな田んぼの風景にも、今は戦の痕跡などどこにも見られない。

（すべてが終わったのだ）

兼吉は心の底から空しさが湧き上がってくるのを感じた。平三郎から依頼された探索の役目は終わった。後ろ暗い役目から解放されて心の重荷が無くなった。と同時に、もはや阿部家への再仕官の道もまったく無くなった。解放感と虚無感がない交ぜになって兼吉の胸の内はぽっかりと穴が空いたようだった。

「これからどうすればいいんだ」

兼吉は寒風に吹かれながら呟いた。そうして身体の奥の芯が冷え込むまで呆然と佇んでいた兼吉は、ようやく気を取り直すと心許ない足取りで山の頂から街道に下り、町の方に向かって歩き出した。


「兼吉さん、どうしたの」

志づが驚いた顔をして言った。兼吉は那須屋には戻らず、まっすぐに坂田屋にきたのだった。

遊ぶ金はあった。平三郎からもらった探索の役目の手当だ。坂田屋に入る時、女将の松に、

「もう役目は終わったはずなのに、志づに何の用だい」

と眉間に皺を寄せて訊かれたが、兼吉が金を渡したとたんに恵比寿顔で迎え入れてくれたのだった。仕事の途中できたので、後でまた熊吉や店の者とひと悶着あるだろう。だが、兼吉はもう、そんなことはどうでもよかった。

「もうなにもかも終わってしまった」

兼吉はぽつりと言った。

「そうね。いくさがおわってよかったわね」

「そうじゃないんだ」

兼吉が強い口調で言うと、志づが、

「そうじゃないって、どういうこと」

怪訝そうに訊く。

「いくさがおわって、薩長軍の兵も引き揚げた。だから俺の探索の役目も終わったんだ」

「よかったじゃないの。探索だなんてあぶない役目がなくなって。まさか、好きでやっていたわけではないでしょ」

「誰がみずから望んで探索なんてやるもんか」

兼吉は少し苛立つように言った。

「じゃあ、どうして」

「同盟軍がいくさで勝ったら、もう一度阿部家に仕官させてもらう約束だったんだ」

「そうだったの」

志づは沈んだ声で言った。

「棚倉藩がいくさに負けてしまったんで、再仕官の話もなくなってしまった」

兼吉は肩を落とした。

「それは残念だったわね」

志づは優しい声で兼吉を慰めた。

「俺は二年前に棚倉藩の阿部家から召し放ちとなった。ようは藩に捨てられたのだ。親兄弟もいないので、どうやって暮らしていくか、途方にくれた。ある人のつてで、やっと那須屋に奉公することができた。だが、武家の奉公とちがって町方の奉公は苦労した」

兼吉は今までの那須屋でのことや町人となって受けたさまざまな仕打ちを思い出した。

「兼吉さんも那須屋さんではたいへんだものね」

志づは兼吉が那須屋で苦労していることを知っていた。

「俺はなんとしても今の暮らしから抜け出したかった。そんな時に、阿部家中で出世した昔の幼馴染みから声をかけられたんだ。探索の仕事をしてうまく行けば、阿部家に再仕官させてくれると。それればかりじゃない。那須屋も脇本陣から本陣に格上げしてやるといわれた。それで、命がけで探索の仕事をしてきたんだ」

兼吉は今まで誰にも話したことのなかった自分の思いを一気に吐き出した。どうして志づにこんなことを話しているのかわからなかった。しかし、兼吉は今の自分のどうしようもないやるせない気持ちを誰かにわかってもらいたかった。

今まで気付かなかったが、自分はこんなに弱い人間だったのかと改めて思い知らされた。これまでずっと辛いことは一人で耐えてきた。それなのにどうしたというのか。やはり兼吉は自分の気持ちが抑えられなくなっていたのだ。

「つらかったのね」

いつの間にか兼吉の隣に寄ってきていた志づが言う。兼吉は静かに志づを抱きしめた。志づは今にも壊れそうな華奢な体をしていた。ほんのり白粉の匂いがした。しばらくそうしていると、兼吉はなにやら心地よい気持ちになった。長い間忘れていた柔らかい女の身体と安らぎだった。

「じつはあたし、来年の春くにに帰ることになったんです」

兼吉の腕の中で志づが言った。

「くにに帰る？」

兼吉は志づの体を離して、志づの顔を覗く。

「兼吉さんからいただいたお金のおかげで、奉公の年季があけるのがはやくなったの」

志づは今まで見たこともなかった嬉しそうな顔をしていた。

「そうか、それは良かったな」

とっさに兼吉はそう言ったが、なぜか心のどこかで弾まない気持ちを感じていた。

「くにに帰っても、どうせ宿場女郎をしていたあたしに嫁のもらい手はないでしょうから、母親をたすけて百姓でもしようとおもっているの」

志づが微笑みながら言った。

「ふーん。百姓か」

兼吉は、今の志づの姿からは想像できなかった。だが、ここでの暮らしにくらべたらよほど幸せにちがいない。兼吉は一抹の寂しさを感じながらも志づの幸せを思うと嬉しい気持ちになった。

二節

年が明けると、すでに昨年から年号が慶応から明治に変わっていたので明治二年となった。阿部家中は新政府の許しが出たことにより、避難先の飛び領から続々と棚倉領に戻ってきた。棚倉城は焼け落ちてしまっていたので、藩主の正静は東京で謹慎していたが、藩主一族は、徳川時代は幕府領であった塙陣屋に入った。落城の際には棚倉城下の藩士の屋敷もかなり焼失しており、藩士たちは領内の町人の家や百姓の家に世話になる者も大勢いた。

棚倉藩士の戦死者は全部で五十四人だった。その中でもっとも身分の高い武士が阿部内膳である。そのため、棚倉藩は内膳を新政府に対する反逆の戦の首謀者として届け出たのであった。奥羽諸藩はどこも同じようなもので、藩主自身は直接罪を問われず、ほとんど家老達が処罰されたのであった。

内膳の家は家名断絶の処分を受け、家禄は召し上げられた。残された家族は藩からの給米もなく極貧の生活を強いられているという。生活の糧を失った阿部家は、内膳の父秋風が俳諧の弟子たちの助けによって細々と露命をつないでいるらしい。

藩のために命を賭して戦い、犠牲となった者が罪人として処罰され、残された家族が悲惨な目にあっている。これが武士の世界の習いなのか。兼吉はあまりの理不尽さに憤りを通り越して、武士の世の終焉を予感せずにはいられなかった。

兼吉は探索の仕事をすることもなくなり、新しい世に変わって以前にもまして忙しくなった旅籠の仕事に追われる日々を過ごしていた。

朝から雪の降る寒い冬の日だった。

「きゃー」

突然、隣の坂田屋の店先で女の悲鳴が上がった。兼吉は驚いて他の奉公人と一緒に表に飛び出した。見ると、真っ赤に血に染まった雪の上に女が斃れている。そのかたわらに刀を手にした武士が立っていた。それを坂田屋の奉公人が遠巻きにしていたのだった。

「聞けー、この女はあの極悪人の世良修蔵に取り入り、情けを受けた。その行いは万死に値する。あの世良のためにわが家中も奥州諸藩もいくさに追い込まれた。そのあげく、われらはいくさに負けて塗炭の苦しみを嘗めさせられている。わしは死んでいった多くの者の恨みを晴らすためにここまできたのだ」

武士が喚きながら血糊のついた刀を振りまわすと、遠巻きにしている輪がさらに大きく広がる。

「もはや思い残すことはない！」

武士が覚悟したように言うと、

「やぁー」

と、絶叫しながら刀を己の首筋に当てると一気に引き下ろした。そのとたん、冬の寒空に真っ赤な血飛沫が上がった。

「おおー」

と周囲から驚きの声が上がる。真っ白い雪の上に血に濡れて斃れた武士はそのまま絶命した。

兼吉が斃れている女のもとに走り寄って抱き起こした。顔を見ると志づだった。

「おい、お志づさん、しっかりしろ！」

兼吉が声をかけるが、志づは苦しそうな息をするだけだった。すぐに坂田屋の者達が志づを店の中に担ぎ込んでいった。兼吉は心配だったがついて行くわけにもゆかず、坂田屋の者にまかせるしかなかった。

「これはいったいどうしたというんだ」

兼吉は真っ青な顔をして呆然としている坂田屋の奉公人のひとりに訊いた。

「知り合いの者だと名乗ったあのお侍が、お志づさんに用があるというんで、お志づさんを玄関先まで呼んだんだ。そしたら、お侍が世良の女めとか、仲間のかたきだとか、大声でののしったかと思うと、お志づさんを通りに引き出していきなり斬りつけたんだ」

奉公人は興奮した顔で言った。

「なんてことだ」

兼吉は奉公人の話を聞いて歯がみした。仙台か会津か二本松かはわからないが、侍は逆恨みも甚だしい。志づがいったい何をしたと言うんだ。飯盛り女が商売で客の相手をしただけではないか。世良が恨まれるのはしかたないが、志づがどこぞの侍に恨まれる筋合いはないはずだ。

「お志づさんは春になったらくにの越後に帰ることになっていたのに。ううっ」

となりにいた女の奉公人が嗚咽した。兼吉はかけることばもなく黙って奉公人たちを見ていた。他の奉公人たちが、志づの血で染まった店先の雪を掃き清めている。

そのうちに、新政府に命じられて白河を管理している役人がやってきた。坂田屋の店の者に事の次第を訊いた後、侍の遺体を運んで行った。

その夜、志づは息を引き取った。

新しい年の春が訪れた。白河の町は新政府の支配のもとで新しく歩み始めた。町は、去年のこととは言え、およそ百日間の激戦が繰り広げられた様子も感じられないほど穏やかだった。避難していた町人は、戦が終わるとすぐに戻ってきて、商売やら何やらの日々の営みを再開していた。永く続いた武士の古いしくみの世の中が変わっても、町人は逞しく生きようとしているのだった。

久しぶりに平三郎が那須屋にやってきた。宗右衛門は寄り合いで留守だったが以前のように離れで応対した。久しぶりに会った平三郎はすっかり元気を取り戻したようだった。

「変わりないか」

以前にも増して威風を感じさせるようになった平三郎が鷹揚に言った。平三郎は明治新政府のもとでの棚倉藩の中で重きをなし、執政の地位に昇っていたのだった。

平三郎は時代の変わり目の激動の波をもうまく乗り切って、その地位をさらに高めた。どこまでも身の処し方の上手な男だった。

「箱館の榎本軍が降伏したらしい。これですべてのいくさがおわった」

「そうか」

兼吉はぞんざいに答えた。今の兼吉にとっては何百里も離れた海の向こうの戦に関心は薄かった。

旧幕府の榎本武揚が海軍の軍艦を何隻か率いて蝦夷に渡り、五稜郭に立て籠もって新政府軍と戦っていた。会津で敗戦した新選組の生き残りの者達も一緒だった。その中には土方もいた。

土方は足の傷が癒えた後、一度は戦線に復帰したが、米沢を経由して仙台に逃れ、そこから榎本武揚の艦隊とともに蝦夷地に渡った。土方は島田や中島などの新選組の隊士たちとともに、箱館に立てこもって新政府に抵抗していたが、この五月に戦死したのだった。最後まで抵抗していた榎本も、ついに力尽きた。これで、国を二分した大きな戦いがすべて終わった。

会津藩は朝敵という汚名を着せられ理不尽な戦を仕かけられて、義を貫くために戦った。その結果、敗れたのだった。

会津藩は降伏後、所領を没収され、藩主以下家臣たちは若松を追い出されて他地に預けられている。会津藩と一緒に戦った新選組隊士はばらばらに離散した。土方と袂を分かった斎藤は、戦死したとも会津藩士とともにどこかに預けられているとも聞くが、定かではない。

この戦は、奥羽の武士にとって過酷な変化をもたらすものとなった。

奥羽は昔から中央の政権に征討され、支配を受け続けてきた。奥羽の者はそれに抗ってきたが、今度も敗れてしまった。奥羽の将来には苦難が待ち受けているだろう。

「これからおまえはどうする。われらはいくさに負けてしまったので、わが家中の台所は徳川の頃よりも数段苦しい。悪いがとても新規の召し抱えをする余裕はない」

「わかっている。もう、とっくに再仕官はあきらめていたさ」

兼吉は平三郎に対して敬語を使うことはしなかった。今となってはもはや立場の上下はなくなっている。すくなくとも兼吉はそう思っていた。平三郎もわずかに眉を顰めたが、あえて咎め立てはしなかった。

「その代わり、頼みがある」

「なんだ。言ってみろ」

「坂田屋の志づが死んだ」

「志づとはいつぞやの飯盛り女か。それがどうかしたか」

「いくさに敗れたどこぞの侍に逆恨みをされて、斬られて死んだのだ。不憫なので墓をたててやりたい。いくばくかの墓代を工面してはもらえないか」

兼吉が言った。

「わが方が飯盛り女の墓代を出すいわれはない」

平三郎は冷たく返した。

「だが、おまえにはいろいろと働いてもらった。その分の礼は出そう」

と言って平三郎は、しぶしぶ懐から紙に包んだ金をよこした。

「遠慮なくもらうぞ」

兼吉はそれを無造作に受け取った。

平三郎が帰った後、宗右衛門が寄り合いから戻ってきた。

「ことしの提灯祭りの開催がようやくきまったよ」

宗右衛門がはずんだ声で言った。

「そう言えば、きょうは総町参会の日でございましたな」

熊吉が嬉しそうに応じる。

兼吉は、数日前に鹿島神社祭礼の寄り合いが開かれる触れを聞いていたのを思い出した。

祭りのすべてのことは、各町の代表が集まる総町参会という話し合いの場で決められる。

「去年は、いくさで祭りが取りやめになったので残念だった。いくさの終わった今年はなんとしても祭りをやりたかった。家を焼かれた町内や死者の出た家の者は、とても祭りどころではないと強く反対した。祭りを楽しむ気持ちにもなれないだろうし、祭りの費用を出す余裕がないのもよくわかる。だが、こんな時だからこそみんなで元気を出そう、町人の心意気を見せよう、という意見が通ったんだ」

宗右衛門は興奮した口調で言った
「そうですか、それは楽しみです」

兼吉も祭りの開催を心から喜んだ。

「ことしの祭りはいつもの年の祭りとは違って、いくさで亡くなった人たちの弔いの意味もあるんだ」

「そうでございますな。いくさでは武士だけでなく、町人の中にも犠牲になって命を落とした人がおります」

兼吉は志づや内膳やその他多くの者の顔を思い浮かべた。

「ところで兼吉、祭りがおわってひと段落したら千代とのこと、よろしくたのむよ」

宗右衛門が切り出した。兼吉に有無を言わせない言い方だった。

「那須屋ももはや本陣復帰をめざすのではなく、新政府のもとでの、それこそ新しい時代の宿屋として出発しなければならないとおもっているんだ。那須屋のためにぜひおまえの力を貸してもらいたいのだよ」

ここまで宗右衛門に言われては、もはや兼吉に否やはなかった。

「よろしくお願いします」

兼吉は畏まって深々と頭を下げた。

梅雨が明けた頃、兼吉は坂田屋の者と一緒に小さな志づの墓標を建てた。志づの故郷に少しでも近い場所ということで、城下の北のはずれの越後に通じる会津街道の脇だった。

志づを斬った侍は世良や新政府軍の兵士の相手をする飯盛り女の噂をどこかで聞きつけ、恨みを晴らそうと思ったのだろう。いずれにしろまったくの逆恨みだった。理不尽とはわかっていても、そうせずにはいられない憤りを抱えていたのかも知れない。

志づも不憫だったが、志づを斬って死んだ侍もまた憐れだった。新しい時代も見ずに、恨みを晴らしただけで最期を遂げるとは。

兼吉は、自分が志づに探索の仕事を頼んだせいで侍に斬られたのかもしれないと思うと、やりきれなかった。世良の暗殺という、危険なことまでやらせようとして苦しめたことにもすまない気持ちで一杯だった。せめてものつぐないに、越後の志づの実家に金を送ったのだった。

三節

兼吉は初秋の蒼天の下で、黙々と薪割りを続けていた。かたわらには数え切れないほどの薪が山と積まれていた。体中から汗が噴き出し汗まみれとなっていたが、兼吉は何も考えずにひたすら眼の前の雑木の丸太に斧を振り下ろす。

「ふっー」

兼吉がひと仕事終えて流れる汗を拭き、風呂の水汲みに行こうとした時だった。

「兼吉、おめえー変わっだな」

裏の戸口で腕組みをしながら兼吉を見ていた熊吉が、声をかけてきた。兼吉は怪訝に思ったが、黙って熊吉の顔を見返した。また何か難癖をつけてくるのかと思い、少し構える気持ちになった。

「この薪を見でみろ」

と言って、熊吉がかたわらに積まれている薪を一本つかんで兼吉に見せた。

「前におめえが割った薪は割口がばらばらで太さがふぞろいだった。それが、このごろは薪がきれいに割れで、一本一本がそろってる。薪割りに気持ちが入っている証拠だ」

「ありがとうございます」

兼吉は熊吉を警戒しながらも、いちおう礼を言った。

「番頭さんから聞いだよ。おめえは店のために棚倉藩から命じられて探索のしごどをしてたんだってな。そんで、ちょこちょこ店を留守にしたり、となりの坂田屋の志づのところに行ったりしてだってわげだ」

「いや、じぶんの仕官のためです」

「ほおー、そうがい。それにしたって半分は店のためだっぺ。だれもひとのためだけに、探索なんて命がげのあぶねえ仕事をやるやづはいねえ」

これまで兼吉に辛く当たってきた熊吉が、初めて好意的なことを言ってきた。いったいどういう風の吹き回しかと思った。

「おめえがこの店にきてがらずっと、旅籠の奉公を嫌がっていだごとは知っていだ。どうしてももど侍だったという気持ちが表情やふるまいに出でだ。俺は、おまえらとはちがうんだという、おめえの態度がずっと気に入らねがった」

「すみませんでした」

兼吉は熊吉に自分の気持ちを言い当てられて、恥ずかしいと同時にすまないと思った。

「だがな、こごんとごろおめえはなにが吹っ切れだような、気をいれで奉公しているように見えできた。なにがあったのが」

「棚倉藩がいくさに負けて、仕官の道がなくなったからかもしれません」

「そうが、それは残念だったな」

「いや、もう武士はたくさんだとおもいました。未練はありません」

兼吉はきっぱりと、自分自身に言い聞かせるように言った。兼吉は武士に戻る気持ちはまったくなくなっていた。町人として生きる覚悟ができていた。

「んだな、もう侍の世の中でもねえな。案外、町人の身分も気楽でわるぐねえもんだぞ」

熊吉が笑みを浮かべて言った。

「はい、そうかもしれません」

兼吉も素直に答えた。

兼吉と熊吉が話しているところに千代が姿を見せた。俯いているが、何か言いたげだった。それを見た熊吉は気を利かして店の方に戻って行った。

「いままでいろいろあったみたいだけど、熊吉と仲良くなれてよかったわね」

千代が笑みを浮かべて言った。

「ご心配していただいてもうしわけありません。わたしにも至らないところがありましたが、ようやく熊吉さんにみとめてもらえたようです」

兼吉は神妙に答えた。

「兼吉さん、お父さまからお話を聞きました。よろしくおねがいします」

千代ははにかみながら頭を下げた。

提灯祭りが終わったら、兼吉と千代は祝言を上げることが決まったのだった。

「こちらこそ」

兼吉は背筋をまっすぐに伸ばして答えた。


秋の陽はすでに那須連峰の陰に隠れ、あたりはすっかり闇に包まれていた。闇の中で鹿島の森だけが、無数の提灯に照らし出され、赤く山火事のように燃えていた。

提灯の森の中で兼吉は神輿を担いでいた。ずっしりと肩に食い込む神輿の重みを感じながら兼吉は、召し放たれて武士から町人に落とされた恨みも、町人の新参者として奉公人仲間や祭り組の者から受けた屈辱も、すべて忘れていた。戦が終わり、町が残り、こうして祭りが始まることに、ただ満足していた。頭の中をからっぽにして祭りの興奮に酔いしれた。まわりには、熊吉も源蔵も、そして何百何千という、生気に溢れた半裸の男たちがいる。

境内に勢揃いした白河城下全町内の神輿が、闇を衝くような気勢を上げて、つぎつぎと神社の大鳥居を出ていく。神輿を真ん中にした提灯の群は、いったん阿武隈川の堤の上で態勢を整えると、勢いよく川の中に進んで行った。川の中に入ると、水の冷たさが足元から体全体に這い上がってくる。熱気を帯びた体には心地よい。

神輿の渡河は、神輿を河の清冽な流れで清めるという意味がある。そうして清められた神輿の行列は、やがて対岸の堤を上り切った後、町内に渡御《とぎょ》するのだ。

川の反対側では無数の見物人が神輿を見ていた。その群衆の中には、宗右衛門と千代の姿があったが、もちろん兼吉には見えない。

この戦で流された血や犠牲となった者の無念や残された者の悲しみが、きれいに洗い清められることなどたやすくできるはずもない。だが、祭りは人々の苦しみや悲しみを一時の間忘れさせてくれる。そして、少しずつだがやがて人の心も慰められてゆくであろう。

(河を渡るんだ！　新しい時代への河を)

兼吉は決意をあらたにした。

「おおー」

見物人のひときわ高い歓声が上がった。神輿が河を渡り終えた。いよいよ祭りの始まりだ。

明治四年七月十四日、明治新政府より廃藩置県の命が布達され、すべての藩は消滅した。その後、廃刀令と断髪令が出され武士の特権が取り上げられた。そして、ついに秩禄処分が行われ、政府から武士に対しての経済的な優遇措置もなくなった。

戸籍の上でも士農工商の江戸時代の身分制度がなくなり、やがて武士は消え去ってゆくのである。

後書き

私の六代前の先祖は植村半蔵という名前で、棚倉藩阿部家の下級武士であった。藩主の阿部家は、戊辰戦争の二年前に白河から棚倉に転封したので、半蔵も棚倉藩士の前は白河藩士だった。白河藩士時代には、同役に新選組の沖田総司の義兄、沖田林太郎がいた。

半蔵は白河戦争では稲荷山の陣地で戦い、足に鉄砲傷を負いそれがもとで亡くなっている。その従軍日記が実家に残されていて、それを読んでいくうちに戊辰戦争を研究するようになった。やがて、分かり易く多くの人々に白河戦争を伝えるために小説にしようと考えるに至った。これが「白河大戦争」を執筆する動機だった。

戊辰戦争では従来、勝者の新政府軍が官軍、敗者の奥羽越列藩同盟軍は賊軍とされてきた。しかし、明治時代の岩手県出身の総理大臣原敬は、旧南部藩士戊辰殉難者五十年祭において、「戊辰役は政見の異同のみ、当時勝てば官軍負くれば賊軍との俗謡あり、其の真相を語るものなり、(後略)」と述べている。つまり、戦争の勝者に正義があり、敗者が悪者ではないのだ。両者の立場は、単に政治的見解を異にしただけのことなのだと主張している。

戊辰戦争から来年で百五十年経過する現在でも、戦争の傷痕は残り続けていると言われる。いかに当時の戦争が惨いものであり、勝者の敗者に対する処遇が冷酷であったかがわかる。

勝者にも敗者もそれぞれに言い分はあろう。しかし、白河戦争で命を落とした東西両軍の殉難者を分け隔て無く埋葬し香華を手向けてきた先人の思いに学び、まずは戦争の犠牲となった殉難者に哀悼の意を表したい。

その上で、百五十年の節目の年にそれぞれの立場に思いを馳せ、未来に向けての関係や考えを新たにすることも大切ではないだろうか。

戊辰戦争に起因するさまざまな憎しみや怨念が生まれた原因や背景には同情すべきものがあるが、未来永劫その感情を抱き続けることは果たしてどうなのであろうか。簡単に和解などできるものではないことは理解できるが、少なくとも互いの立場を理解することは可能なのではあるまいか。今回の大きな節目を機会に、未来に向けて何か新たなものが生まれることを期待したい。

本書の上梓にあたり、小説の御指導を頂いた諸先生、資料を提供してくださった方々、出版を勧めてくださった諸兄、栄光出版社の石澤社長、その他多くの方々に感謝申し上げます。

白川　悠紀

平成二十九年秋

〈白川悠紀プロフィール〉

本名　植村美洋　1956年生まれ。

早稲田大学文学部卒業。

福島県内の高等学校勤務後、定年退職。

宮部みゆき、葉室麟、風野真知雄などを輩出した「歴史文学賞」（平成20年廃刊）の最終候補に数回ノミネートされる。

その後、平成19年に「浪人」で福島県文学賞受賞。

現在、公民館勤務のかたわら作家活動をしている。

福島県文学賞企画委員。

白河市文化財保護審議会委員。

NPO 法人しらかわ歴史のまちづくりフォーラム専務理事。

白河大戦争

平成二十九年十一月二十五日　第一刷発行
平成三十年六月二十五日　第四刷発行

検印省略

著者　白《しら》川《かわ》悠《ゆう》紀《き》
発行者　石澤三郎
発行所　株式会社　栄光出版社
〒140-0002 東京都品川区東品川1の37の5
電話　03（3471）1235
FAX　03（3471）1237
印刷・製本　モリモト印刷㈱

ISBN 978-4-7541-0162-6

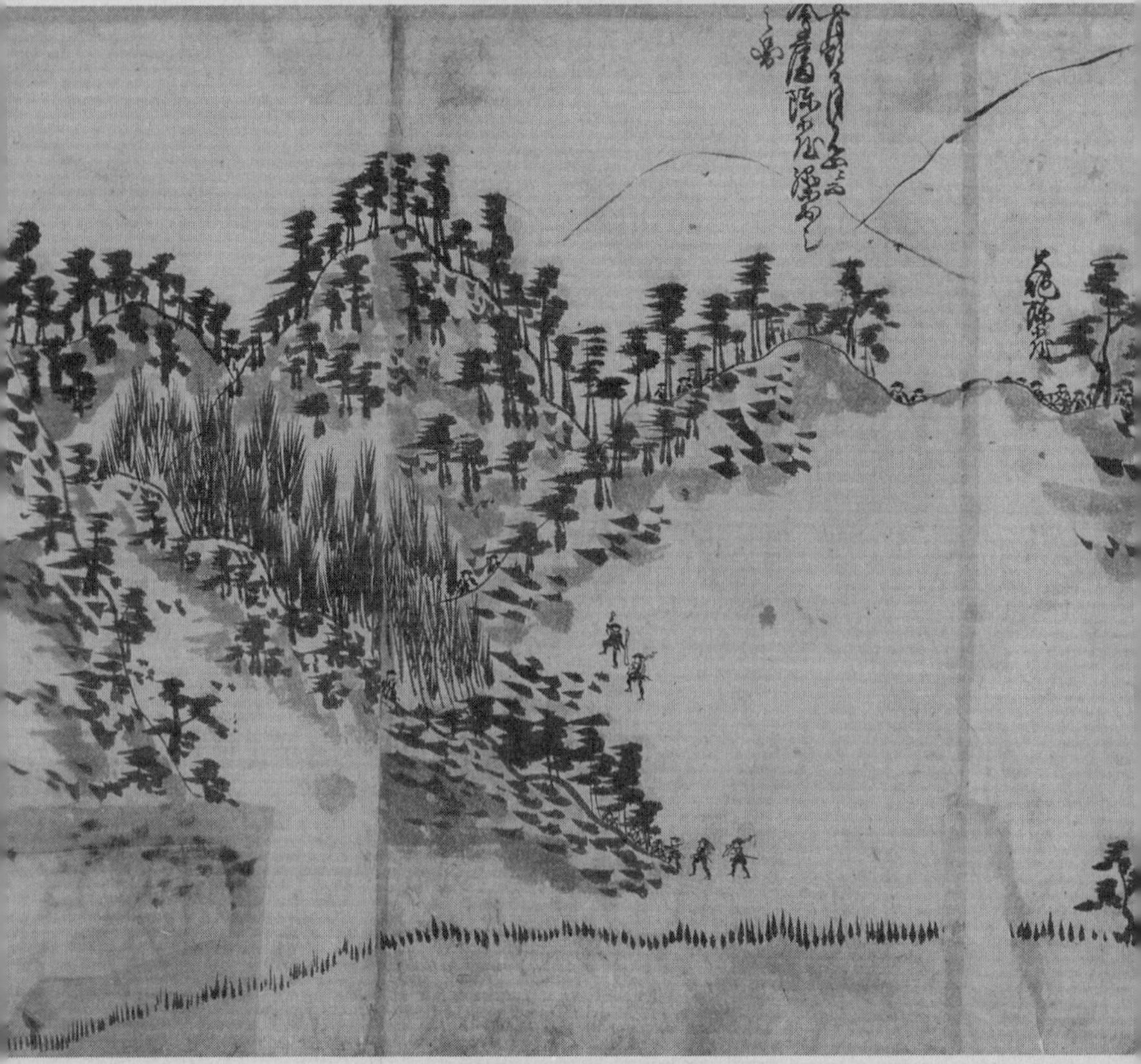